Private Peaceful

개암 청소년 문학 11

굿바이, 찰리 피스풀

초판 1쇄 발행　2011년 6월 10일
초판 6쇄 발행　2018년 10월 15일

글　마이클 모퍼고
옮김　공경희

펴낸곳　도서출판 개암나무(주)
펴낸이　김보경
경영지원 총괄　김수현
편집주간 박진영　**편집** 조원선 문정아　**디자인** 김재미　**마케팅** 이형호
출판등록 2006년 6월 16일　제22-2944호

주소　서울특별시 마포구 독막로 320, 1008호(도화동, 태영데시앙루브) (우)04157
전화　(02)6254-0601, 6207-0603　**팩스**　(02)6254-0602　**E-mail**　gaeam@gaeamnamu.co.kr
개암나무 블로그　http://blog.naver.com/gaeamnamu　**개암나무 카페**　http://cafe.naver.com/gaeam

ISBN　978-89-92844-60-4 43840

굿바이,
찰리 피스풀

마이클 모퍼고 지음 | **공경희** 옮김

Private

Peaceful

🌳 개암나무

사랑하는 나의 대모님 메리 니븐에게

10시 5분

    이제 그들은 가 버리고 마침내 나 혼자다. 나한테는 앞으로 꼬박 하룻밤의 시간이 있고, 나는 단 한순간도 헛되이 쓰지 않을 작정이다. 잠을 자 버려도 안 된다. 꿈을 꾸며 시간을 흘려보내지 않을 것이다. 그러면 안 된다. 지금은 매순간이 진짜진짜 소중하니까.

    다 기억해 내려고 애쓰고 싶다. 있던 그대로, 일이 일어났던 그대로. 나는 약 18년 동안의 어제와 내일을 누려 왔다. 오늘 밤에는 최대한 많은 날들을 기억해야만 한다. 오늘 밤이 내 인생만큼 길면 좋겠다. 새벽을 향해 나를 밀어 대는 꿈으로 이 밤이 채워지는 건 싫은데.

내 평생의 어느 날보다도 오늘 밤, 나는 살아 있음을 느끼고 싶다.

* * *

내가 가기 싫어하는 것을 알고 찰리 형이 내 손을 잡고 이끈다. 생전 처음으로 목에 댄 칼라가 목을 조여 온다. 부츠를 신어 발이 어색하고 무겁다. 마음도 무겁다. 지금 가는 곳이 겁나기 때문이다. 이 학교란 데가 얼마나 무서운지는 찰리 형에게 자주 들었다. 형은 성질 사나운 머닝스 교장과 교장실 책상 위에 걸린 긴 회초리에 대해 말하곤 했다.

빅 조가 학교에 안 가도 되는 것은 내가 보기에는 불공평한 일이다. 큰형은 한참 나이가 많다. 찰리 형보다도 나이가 많다. 그런데도 학교에 다닌 적이 없다. 빅 조는 집에서 엄마랑 같이 지내고, 나무에 올라가 앉아서 〈오렌지와 레몬〉을 부르고 깔깔댄다. 빅 조는 언제나 행복하고 언제나 웃는다. 나도 큰형처럼 행복할 수 있으면 좋겠다. 빅 조처럼 집에 있을 수 있으면 좋겠다. 찰리 형과 같이 가고 싶지 않다. 학교에 가기 싫다.

어깨 너머 뒤를 본다. 혹시 집에서 부를까 해서, 엄마가 뒤쫓아 달려와서 나를 집에 데려갈까 하는 바람으로. 하지만 그런 일은 없다. 어머니는 따라오지 않고, 걸음을 옮길 때마다 회초리를 든 머닝스 교장이 있는 학교와 가까워진다.

"목말 태워 줄까?"

찰리 형이 묻는다.

찰리 형은 내 눈에 눈물이 고인 것을 보고, 내 기분을 이해한다. 형은 내 기분이 어떤지 언제나 안다. 나보다 세 살 위인 찰리 형은 모든 일을 다 해 보아서 죄다 안다. 형은 나보다 튼튼하고 목말도 아주 잘 태운다. 나는 형의 어깨에 폴짝 올라가서 꼭 매달린다. 소리 내어 징징대지 않으려고 눈을 꼭 감고 운다. 하지만 곧 흐느낌이 터진다. 이날 아침이 어떤 시작이 아님을 알기 때문이다. 엄마 말처럼 새롭고 신 나는 날의 시작이 아니라, 오히려 내 유년기의 마지막임을 알기 때문이다. 형의 목을 꽉 잡고서, 내 근심 없는 나날은 끝났음을 깨닫는다. 오늘 오후 집에 올 때는 다른 사람일 거라는 것을 안다.

눈을 뜨니 울타리에 매달린 죽은 까마귀가 보인다. 그 걸걸한 소리로 막 노래하기 시작하는 순간에 총에 맞았나? 까마귀가 죽었는데도 깃털이 바람에 살랑인다. 까마귀의 가족과 친구들이 우리 머리 위쪽 느릅나무에서 슬픔과 분노로 깍깍 울어 댄다. 내 개똥지빠귀를 쫓아내고 둥지에서 새알들을 가져간 게 그 녀석이었을 수도 있다. 내 알들인데. 둥지에 개똥지빠귀 알 다섯 개가 들어 있었다. 살아 있어서 만지면 따뜻했다. 알을 하나씩 꺼내서 손바닥에 올려놓았던 기억이 난다. 알들을 깡통에 넣어 두고, 찰리 형처럼 알에 구멍을 내서 후

후 불고 싶었다. 내 찌르레기 알들과 비둘기 알들과 같이 솜 위에 놓아두고 싶었다. 알들을 꺼낼 수도 있었다. 하지만 왠지 마음에 걸려서 그러는 게 망설여졌다. 아버지의 장미 덤불에서 어미 개똥지빠귀가 날 지켜보고 있었다. 구슬 같은 검은 눈으로 그러지 말라고 간절히 부탁했다.

어미 새의 눈에 아버지가 있었다. 장미 덤불 아래, 벌레가 많은 축축한 흙 깊이 아버지가 아끼는 물건들이 묻혀 있었다. 먼저 엄마가 파이프 담배를 놓았다. 다음으로 찰리 형이 징 박힌 부츠를 나란히 놓았다. 부츠 두 짝이 껴안고 있는 것 같았다. 빅 조는 무릎을 꿇고 아버지의 낡은 목도리로 부츠를 덮었다.

"네 차례다, 토모."

엄마가 말했다. 하지만 난 도저히 할 수가 없었다. 난 아버지가 돌아가시던 날 아침에 끼었던 장갑을 들고 있었다. 장갑 한 짝을 집던 기억이 난다. 가족은 모르고, 그들에게는 말할 수 없는 비밀을 난 알고 있었다.

결국 엄마가 나서서 내가 장갑을 땅속에 넣게 도와주었고, 아버지의 장갑은 목도리 위에 놓였다. 장갑은 손바닥 면이 위로 오고, 양쪽의 엄지가 맞닿았다. 그 손이 내가 그러지 않기를 바라는 것 같았다. 내가 다시 생각하기를, 새알을 꺼내가지 말기를, 내 것이 아닌 것은 갖지 않기를 바라는 느낌이었다. 그래서 난 그러지 않았다. 대신 알들이 크는 것을 지켜보

앗고, 앙상한 새끼들이 처음으로 뒤척이는 것과 먹이를 달라고 입을 벌린 모습을 보았다. 새끼들은 부리를 움직이며 졸라댔고, 먹이를 먹을 때면 정신없이 꽥꽥댔다. 까마귀들의 대학살이 벌어진 마지막 새벽, 내 방의 창에서 둥지를 봤을 때는 너무 늦어 버렸다. 부모 개똥지빠귀들은 낙심해서 무기력하게 나처럼 쳐다보기만 했다. 그 사이 약탈자 까마귀들은 개똥지빠귀 새끼를 모두 죽이고 깍깍대며 하늘로 날아올랐다. 난 예전부터 까마귀를 싫어했다. 까마귀는 죽어서 울타리에 매달릴 만했다. 내 생각은 그렇다.

찰리 형은 낑낑대며 언덕을 올라 마을로 접어든다. 교회 탑과 그 밑의 학교 지붕이 보인다. 겁이 나서 입이 마른다. 나는 더 꼭 매달린다.

찰리 형이 숨을 가쁘게 몰아쉬며 말한다.

"첫날이 가장 힘들어, 토모. 그 다음에는 별로 힘들지 않아. 정말이야."

찰리 형이 "정말이야."라고 말할 때마다 사실이 아니라는 것을 난 안다. 형이 덧붙인다.

"어쨌든 내가 널 돌봐 줄게."

그 말은 믿는다. 찰리 형은 늘 그랬으니까. 형은 정말로 날 돌봐 준다. 나를 땅에 내려 주고, 날 데리고 소란스러운 운동장을 지나간다. 손으로 내 어깨를 잡아 위로하고, 날 보호한다.

학교 종이 울리고 우리는 말없이 두 줄로 늘어선다. 한 줄에 스무 명쯤 서 있다. 주일학교에서 보는 애들 몇 명이 눈에 들어온다. 주위를 둘러보니, 이제 형은 내 옆에 없다. 형은 다른 줄에 서서 내게 눈을 찡긋한다. 나도 눈을 찡긋하니 형이 웃음을 터뜨린다. 나는 아직 한쪽 눈만 찡긋하지 못한다. 찰리 형은 늘 그걸 우습게 생각한다. 그때 계단 위에 서 있는 머닝스 교장이 보인다. 교장은 갑자기 조용해진 운동장에서 손의 관절을 뚝뚝 꺾는다. 뺨에 털이 많고 조끼 밑으로 올챙이처럼 배가 툭 튀어나왔다. 교장은 손에 쥔 금시계를 연다. 겁나는 것은 그의 눈이다. 나는 교장이 눈으로 나를 찾는다는 것을 안다.

"아하!"

그가 나를 향해 손짓하면서 소리친다. 다들 나를 쳐다본다. 머닝스 교장이 말을 잇는다.

"신입생이군. 내게 시련을 안겨 줄 골칫거리 신입생이야. 피스풀 한 명으로 부족하단 말인가? 내가 무슨 죄를 졌다고 하나가 더 오나? 처음에는 찰리 피스풀이란 녀석이 오더니 이제 토머스 피스풀이란 녀석까지 왔군. 내 고난에는 끝이 없는 건가? 똑똑히 알아 둬라, 토머스 피스풀. 여기서는 내가 너의 주님이고 주인이다. 내가 그러라고 말하면 그대로 해라. 속이지 말고, 거짓말하지 마라. 신성모독하지 마라. 맨발로 학교에 오지 마라. 그리고 손은 늘 깨끗이 해야 한다. 이게 내 명령이다. 확실히 알아들었나?"

"네."

나는 속삭이듯 대답한다. 목소리를 낼 수 있다는 게 신기하다.

우리는 손을 등 뒤로 돌리고 교장 앞을 지난다. 두 줄로 갈라질 때 찰리 형이 날 보며 미소 짓는다. 나는 하급생 교실로, 찰리 형은 상급생 교실로 들어간다. 나는 하급생 반에서도 막내다. 상급생 반은 대부분 찰리 형보다 훨씬 큰 아이들이다. 몇 명은 열네 살이다. 나는 형이 교실로 들어가고 문이 닫혀 보이지 않을 때까지 쳐다본다. 진짜 외로운 기분이 뭔지 바로 이 순간에야 처음으로 안다.

내 부츠 끈이 풀린다. 난 신발 끈을 맬 줄 모른다. 찰리 형은 할 줄 알지만 형은 여기 없다. 옆 교실에서 머닝스 교장이 천둥 치듯 큰 소리로 출석을 부르는 소리가 들린다. 우리는 여선생님인 매칼리스터 선생님이 담임이어서 다행스럽다. 매칼리스터 선생님은 말투가 이상하지만, 그래도 미소 짓는다. 아무튼 머닝스 교장은 아니니까.

매칼리스터 선생님이 내게 말한다.

"토머스, 넌 거기 몰리 옆에 앉아라. 그리고 신발 끈이 풀렸구나."

내가 자리에 앉자 다들 킥킥대는 것 같다. 나는 달아나고 싶을 뿐이다. 달려 나가고 싶지만 감히 그러지 못한다. 내가 할 수 있는 것은 우는 것뿐이다. 아이들이 내 눈물을 보지 못하게 고개를 푹 숙인다.

매칼리스터 선생님이 말한다.

"운다고 신발 끈이 묶이지는 않는단다."

"못 묶는데요, 선생님."

내가 말한다.

"우리 반에서는 '못 한다'는 말을 쓰지 않아, 토머스 피스풀. 네가 신발 끈을 매도록 가르쳐 줘야겠구나. 학교가 있는 것은 그 때문이란다, 토머스. 배우려고 여기 모인 거지. 우리가 학교에 오는 이유가 바로 그거야, 안 그래? 네가 알려 주렴, 몰리. 몰리는 우리 반에서 가장 큰 학생이란다, 토머스. 또 가장 모범생이고. 몰리가 가르쳐 줄 게다."

매칼리스터 선생님이 출석을 부르는 동안, 몰리는 내 앞에 무릎을 꿇고 신발 끈을 매어 준다. 찰리 형과는 아주 다르게 끈을 묶는다. 꼼꼼히, 더 천천히 커다란 고리를 이중으로 묶는다. 몰리는 끈을 매면서 날 올려다보지 않는다. 봐 주면 좋겠는데 한 번도 쳐다보지 않는다. 아버지의 늙은 말 '빌리보이'랑 머리 색이 똑같다. 윤나는 짙은 갈색이다. 손을 뻗어서 만지고 싶다. 그때 마침내 몰리가 고개를 들어 나를 보며 생긋 웃는다. 그거면 충분하다. 갑자기 이제는 집으로 도망가고 싶지 않다. 몰리와 함께 여기 있고 싶다. 내게 친구가 생겼다는 것을 안다.

노는 시간, 학교 운동장에서 나는 몰리에게 다가가서 말을

걸고 싶다. 하지만 몰리 주위에는 늘 여자애들이 모여서 키득
대기 때문에 그럴 수가 없다. 여자애들은 어깨 너머로 날 쳐
다보면서 웃어 댄다. 찰리 형을 찾아보지만 형은 상급반 친구
들과 도토리 깨기 놀이에 한창이다. 나는 늙은 나무 그루터기
에 가서 앉는다. 신발 끈을 푼 뒤, 몰리가 매던 방법을 떠올리
면서 다시 매려고 애쓴다. 잠깐 지나자 끈을 맬 줄 알게 된다.
야무지지 않고 느슨하지만 그래도 스스로 끈을 맬 줄 안다.
운동장 저쪽에서 몰리가 내가 끈을 묶는 것을 보고 웃어 주는
게 무엇보다 좋다.

　집에서는 교회에 갈 때를 빼면 부츠를 신지 않는다. 물론
엄마는 신고 아버지는 큰 징이 박힌 부츠를 늘 신었다. 아버
지는 부츠를 신은 채 눈을 감았다. 나무가 쓰러졌을 때 나는
그 숲에 아버지와 함께 있었다. 우리 둘만 있었다. 내가 학교
에 다니기 전, 아버지는 일하러 갈 때 나를 자주 데려갔다. 내
가 말썽을 부리지 못하게 하려는 거라고 말했다. 아버지가 늙
은 말 빌리보이의 등에 타면 나는 뒤에 앉아 아버지의 허리를
안고, 얼굴을 아버지의 등에 댔다. 빌리보이가 성큼성큼 뛰면
기분이 좋았다. 그날 아침 우리는 내내 달려서 언덕을 오르고
'포드 클리브' 숲을 지났다. 아버지가 나를 내려 줄 때도 난
계속 키득댔다.

　"이제 가거라, 요 장난꾸러기. 재미있게 놀아."

　재미있게 놀 거리는 많았다. 오소리 구멍들이며 여우 구멍

들을 들여다보고, 사슴 발자국을 뒤따라가고 꽃을 꺾거나 나비를 쫓아다니면 된다. 하지만 그날 아침에는 쥐 한 마리를 발견했다. 죽은 쥐였다. 낙엽 더미 아래에 쥐를 묻어 주었다. 죽은 쥐를 위해 나뭇가지 십자가를 꽂았다. 근처에서 아버지가 나무를 패는 소리가 규칙적으로 났다. 아버지는 도끼를 내려칠 때마다 툴툴대며 신음했다. 처음에는 아버지가 평소보다 좀 크게 끙끙거리는 것처럼 들렸다. 내 생각에는 그랬다. 하지만 그 순간 이상하게도 소리가 아버지가 있는 곳이 아니라 더 높은 나뭇가지에서 나는 소리 같았다.

고개를 드니, 다른 나무들은 가만히 서 있는데 내 머리 위에서 거대한 나무가 움직였다. 다른 나무들은 다 조용한데 그 나무가 삐걱대는 소리를 냈다. 나는 나무가 쓰러지고 있다는 것을 아주 천천히 알아차렸다. 나무가 바닥에 쓰러지면 날 덮칠 것이고, 나는 그대로 죽게 될 거란 걸 깨달았다. 그런데도 손을 쓸 수가 없었다. 나는 서서 빤히 쳐다보았다. 넋이 나가 나무가 점점 눈앞에 가까이 다가오는 것을 보았지만, 다리가 얼어붙어 움직일 수가 없었다.

아버지의 고함 소리가 들렸다.

"토모! 토모! 달려, 토모!"

하지만 그럴 수가 없다. 나무들을 헤치고 내게 달려오는 아버지가 보인다. 아버지가 나를 보릿단처럼 움켜잡고 단번에 내던진다. 귓가에 천둥소리가 들리더니 아무 소리도 나지 않는다.

정신이 들자 얼른 아버지를 본다. 닳은 징이 박힌 부츠의 발굽이 보인다. 나는 아버지가 누워 있는 곳으로 기어간다. 아버지는 큰 나무의 무성한 잎더미 아래 꼼짝 않고 누워 있다. 등을 대고 누워서, 나를 보기 싫기라도 한 듯 내게서 고개를 돌리고 있다. 한 팔을 내게 뻗고 있다. 장갑이 벗겨지고 손가락이 내게 향해 있다. 코에서 피가 나와 나뭇잎에 뚝뚝 떨어진다. 눈을 뜨고 있지만, 나를 보고 있지 않다는 것을 난 금방 안다. 아버지는 숨을 쉬지 않는다. 내가 소리를 쳐도, 몸을 흔들어 대도 아버지는 깨지 않는다. 나는 아버지의 장갑을 집는다.

교회에서 우리는 앞줄에 나란히 앉아 있다. 엄마와 빅 조, 찰리 형과 나. 우리는 이전에 앞줄에 앉아 본 적이 없다. 거기는 대령과 그의 가족이 늘 앉는 자리다. 기도하고 찬송가를 부르는 동안 계속 제비 한 마리가 우리 머리 위를 날아다닌다. 이 창에서 저 창으로, 또 종이 달린 방에서 제단으로 날아다니며 빠져나갈 곳을 찾는다. 저 벗어나려고 애쓰는 제비가 아버지라는 걸 난 안다. 아버지는 다음 생에는 가고 싶은 곳을 날아다닐 수 있게 새가 되고 싶다고 몇 번 말한 적이 있기 때문이다.

빅 조는 계속 나비를 향해 손짓한다. 그러더니 갑자기 벌떡 일어나서 교회 뒤쪽으로 걸어가서 문을 연다. 큰형은 자리로 돌아와서 엄마에게 어떻게 했는지 큰 소리로 말한다. 그러자 우리 옆에 앉은 '늑대 할머니'가 빅 조와 우리 모두에게 얼굴을 찌푸린다. 전에는 몰랐지만, 늑대 할머니가 우리랑 같이 있는 것을 창피해한다는 것을 그제야 깨닫는다. 내가 그 이유를 안 것은 그 후, 훨씬 커서였다.

제비는 관 위쪽의 서까래에 내려앉는다. 새는 공중으로 올라 통로 위를 오르내리더니, 마침내 열린 문을 발견하고 빠져나간다. 이제 아버지가 저세상에서 행복하다는 것을 나는 안다. 빅 조가 큰 소리로 웃자 엄마가 빅 조의 손을 꼭 잡는다. 찰리 형과 나는 눈을 맞춘다. 그 순간 우리 네 사람은 똑같은 생각을 한다.

대령이 일어나서 추도사를 하려고 설교단에 선다. 그는 재킷의 깃을 손으로 잡고 있다. 대령은 제임스 피스풀은 선량한 사람이었으며, 자기가 아는 일꾼 가운데 최고로 꼽힌다고 말한다. 이 땅의 소금이었으며 언제나 명랑하게 일했다고. 대령의 집안은 5대에 걸쳐 피스풀 가족을 고용해 왔다고. 그의 집에서 30년간 숲 일꾼으로 일하면서 제임스 피스풀은 지각한적이 없었으며, 그의 가문과 마을의 믿음직한 사람이었다고 말한다. 대령이 느릿느릿 말하는 사이, 나는 아버지가 대령을 흉보던 말들을 생각했다. 멍청이 노땅, 얼간이 노인네를 비롯해 더 나쁜 말도 있었다. 또 엄마는 멍청이 노땅이고 얼간이 노인네일지 몰라도, 아버지에게 봉급을 주고 우리가 살고 있는 집을 소유한 사람은 바로 대령이라고 늘 우리에게 타일렀다. 그러니 우리는 대령을 만나면 존경을 표하고, 미소를 지으면서 공손히 인사해야 된다고 말했다. 진심인 것처럼, 우리에게 뭐가 이로운지 아는 것처럼 보여야 된다고 당부했다.

나중에 우리는 무덤가에 모이고, 아버지가 땅에 묻힐 때 목사는 쉬지 않고 말한다. 아버지의 시신이 흙으로 덮이기 전에, 고요만 남기 전에 마지막으로 새 소리를 들으면 좋겠다. 아버지는 종달새를 사랑했고, 날아오르는 새 떼를 지켜보기를 좋아했다. 새들이 높이 날아올라서 새 소리만 들리는 것을 좋아했다. 종달새를 볼까 해서 고개를 드니, 주목나무에서 찌르레기가 노래한다. 찌르레기는 노래해야 되겠지. 엄마가 빅 조에게, 아버지가 관 속에 있지 않고 저기 천국에 있다고 속삭이는 소리가 들린다. 엄마는 교회 탑 너머의 하늘을 손으로 가리키면서 아버지는 행복하다고, 새들처럼 행복하다고 말한다.

우리 뒤에서 관 위로 흙이 쏟아진다. 우리는 아버지를 거기 두고 떠난다. 긴 길을 나란히 걸어서 집으로 간다. 빅 조는 심장 풀과 인동덩굴을 뜯어서 엄마의 손에 쥐어 준다. 다들 흘릴 눈물도, 할 말도 없다. 내가 가장 그렇다. 내 안에는 너무나 끔찍한 비밀이 있으니까. 누구에게도 털어놓지 못할 비밀, 찰리 형에게도 말 못 할 비밀이 있기 때문이다. 그날 아침 숲에서 아버지는 죽지 않을 수도 있었다. 나를 구하려다 그렇게 됐다. 내가 알아서 피하기만 했더라면……. 내가 달아났다면 아버지는 지금 죽어 관에 누워 있지 않을 텐데. 엄마가 내 머리를 쓰다듬고, 빅 조는 엄마에게 다시 심장 풀을 준다. 다 내가 저지른 일이라는 생각밖에 나지 않는다.

내가 내 아버지를 죽였다.

11시 20분 전

먹고 싶지 않다. 스튜, 감자, 비스킷. 평소 난 스튜를 좋아하지만, 입맛이 없다. 비스킷을 씹어 보지만 그것도 먹기 싫다. 지금은 그렇다. 늑대 할멈이 옆에 없어 다행이다. 늑대 할멈은 언제나 우리가 음식을 남기면 질색한다. "버리지 마, 욕심내지 마."라고 잔소리한다. 당신이 뭐라 하든 난 이걸 버릴 거야, 늑대 할멈.

* * *

빅 조는 나머지 세 식구가 먹은 것을 합한 것보다도 많이 먹었다. 하나같이 큰형이 좋아하는 음식이었다. 빵, 건포도 버터 푸딩, 감자파이, 치즈, 피클, 스튜, 만두. 빅 조는 엄마가 만든 음식을 입에 넣고 꿀꺽 삼켰다. 찰리 형과 나는 싫은 음식이 있으면 엄마가 안 볼 때 빅 조의 접시에 담았다. 빅 조는 늘 그런 장난을 좋아했고, 남는 음식도 좋아했다. 큰형은 뭐든지 먹어 치웠다. 우리가 아무것도 모르던 어린 시절, 찰리 형은 빅 조가 토끼 똥도 먹는다며, 내가 발견한 올빼미 머리를 걸고 내기하자고 했다. 빅 조가 틀림없이 그게 뭔지 알 텐데 먹을 리 없다는 생각이 든 나는 내기를 했다. 찰리 형은 종이 봉지에 토끼 똥 한 줌을 담아, 빅 조에게 건네면서 사탕이라고 말했다. 빅 조는 봉지에 든 것을 꺼내 입에 넣고 한 알씩 맛있게 먹었다. 우리가 웃음을 터뜨리자 빅 조도 웃으면서 우리에게 권했다. 하지만 찰리 형은 빅 조에게 주는 선물이라고 둘러 댔다. 나는 그 후에 빅 조가 병에 걸릴 거라고 생각했지만 멀쩡했다.

우리가 더 크자, 엄마는 빅 조가 태어나고 며칠 만에 죽을 뻔했다고 말해 주었다. 병원에서는 수막염이라고 했다. 의사는 조가 뇌손상을 입었다고, 목숨을 부지해도 쓸모없는 사람이 될 거라고 말했다. 하지만 빅 조는 살아났고, 완전히 회복하지는 못했지만 많이 좋아졌다. 자라면서 우리는 빅 조가 우리와 다르다는 것만 알았다. 빅 조가 말을 잘 못한다는 것이 우리에게는 중요하지 않았다. 큰형이 읽거나 쓰지 못하는 것,

우리나 다른 사람들처럼 생각하지 못한다는 것이 문제가 되지 않았다. 우리에게 큰형은 그냥 '빅 조'였다. 큰형은 가끔 우리를 겁먹게 했다. 자기만의 꿈속 세상으로 들어가 사는 것 같았다. 큰형은 종종 몹시 흥분하거나 화낼 때도 있었는데 그런 때는 악몽 속을 헤맨다고 생각했다. 하지만 큰형은 늘 조만간 우리에게 돌아와서 다시 본래 모습이 되었다. 우리 모두 아는 빅 조, 모든 사람과 사물을 사랑하는 빅 조가 되었다. 빅 조는 특히 동물과 새와 꽃을 좋아했고, 모든 것을 완전히 믿고 늘 용서했다. 우리가 사탕이라고 준 것이 토끼 똥임을 알았을 때까지도.

그 일 때문에 찰리 형과 나는 혼쭐이 났다. 빅 조 혼자서는 사실을 알아차리지 못했을 터였다. 하지만 늘 인심 좋은 빅 조가 엄마에게 가서 토끼 똥을 먹으라고 권했다. 엄마는 우리에게 분노했고, 난 엄마가 폭발할 거라고 생각했다. 엄마는 빅 조의 입안에 손을 넣어서, 남아 있는 것들을 빼내고 물로 양치질하게 했다. 그런 다음 맛이 어떤가 보라며, 찰리 형과 내게 토끼 똥을 한 덩이씩 먹였다.

엄마가 말했다.

"끔찍하지? 끔찍한 애들한테 어울리는 끔찍한 음식이지. 다시는 빅 조에게 그러지 마라."

우리는 몹시 부끄러웠다. 아무튼 한동안은 그랬다. 그 후로 누군가 토끼라는 말만 해도, 찰리 형과 나는 미소 지으며 그 사건을 떠올린다. 이제 그 생각만 해도 내 얼굴에 미소가 번진다. 웃을 때가 아닌데 웃음이 난다.

어찌 보면 우리 집은 늘 빅 조를 중심으로 돌아갔다. 우리가 사람들을 어떻게 보느냐는 주로 사람들이 우리 큰형을 대하는 태도에 따라 달라졌다. 사실 아주 간단했다. 사람들은 빅 조를 좋아하지 않거나 빅 조에게 무관심하거나 바보로 여겼다. 그러면 우리는 그들을 싫어했다. 주위 사람들은 대부분 빅 조에게 익숙했지만, 몇몇은 이상하게 보기도 했다. 또 그보다 나쁜 것은 빅 조를 없는 사람 취급하는 태도였다. 우리는 그런 태도를 가장 싫어했다. 빅 조는 신경 쓰지 않는 듯했지만 우리가 그를 대신해서 나섰다. 대령을 골탕 먹인 그날처럼.

우리 집에서 대령을 좋게 말하는 사람은 없었다. 물론 늑대 할멈만 빼고. 늑대 할멈은 우리 집에 들를 때마다 대령을 흉보는 말은 들으려 하지 않았다. 할멈과 아버지는 대령 때문에 살벌하게 싸우곤 했다. 우리는 대령을 '멍청이 노인네'로 생각하면서 자랐다. 하지만 빅 조 때문에 대령이 어떤 사람인지 처음으로 알게 되었다.

어느 날 저녁, 나는 찰리 형과 빅 조와 함께 오솔길을 지나 집에 돌아오고 있었다. 우리는 시내에서 갈색 송어 낚시를 했다. 빅 조는 세 마리를 잡아서 얕은 물에서 손으로 움켜잡아 기절시킨 뒤 손으로 떠서 개울가로 끌어냈다. 그제야 송어들은 무슨 일을 당한지 알아차렸다. 큰형은 그렇게 영리했다.

마치 송어가 무슨 생각을 하는지 알기라도 하는 듯했다. 하지만 빅 조는 물고기를 죽이는 것을 싫어했고 나도 마찬가지였다. 그 일은 찰리 형이 맡아야 했다.

빅 조는 누구에게나 큰 소리로 "안녕하세요."라고 인사했다. 늘 그런 식이었다. 그래서 그날 저녁 대령이 말을 타고 지나가자 빅 조는 큰 소리로 인사하고, 송어를 으스대며 치켜들어 자랑했다. 대령은 우리를 못 본 체하며 지나갔다. 대령이 옆을 지나자, 찰리 형이 등 뒤에 대고 야유하는 소리를 냈고 빅 조가 따라 했다. 빅 조는 놀려 대는 소리를 좋아했다. 그런데 야유하는 게 즐거운 나머지 멈추지 않은 게 문제였다. 대령은 고삐를 당기더니 우리를 무섭게 노려보았다. 순간적으로 대령이 우리를 잡으러 올 거라는 생각이 들었다. 다행히 그러지 않았지만, 대령은 채찍을 휘두르며 소리쳤다.

"내가 버릇을 가르쳐 주지, 못된 놈들! 버릇을 단단히 가르쳐 주겠다!"

그때부터 대령이 우리를 미워하기 시작했다는 생각이 든다. 그 순간부터 계속 대령은 이런저런 방법으로 복수를 하겠다고 작정한 것 같다. 우리는 집까지 달려갔다. 누군가 우우 하며 야유하는 소리를 낼 때마다 오솔길에서 대령을 만난 일이 떠오른다. 빅 조가 놀리는 소리를 들을 때마다 웃음을 터뜨리고, 웃음을 멈추지 않는 것도. 대령의 잔인한 눈빛과 그가 휘두르던 채찍도 생각난다. 그날 저녁 빅 조의 야유가 그 후 우리의 삶을 바꾸어 놓았을지도 모른다.

　내가 처음 싸움을 한 것도 빅 조 때문이었다. 학교에서 싸움을 많이 했지만, 나는 잘 싸우지 못해서 항상 결국은 입술이 붓거나 귀에 피가 나는 걸로 끝났다. 곧 다치기 싫으면 머리를 숙이고 말대꾸를 하지 말아야 된다는 것을 배웠다. 덩치가 더 큰 상대라면 더욱더 그래야 한다. 하지만 어느 날 가끔은 버티고 서서 옳은 것을 위해 싸워야 된다는 것을 알았다. 원치 않아도 그래야 될 때가 있다는 것을.

　노는 시간이었다. 빅 조가 찰리 형과 나를 보러 학교에 왔다. 큰형은 교문 밖에 서서 우리를 쳐다보기만 했다. 찰리 형과 내가 처음으로 나란히 등교한 날 이후 자주 그랬다. 우리가 없는 집에 혼자 있기가 쓸쓸해서 그랬겠지. 나는 빅 조에게 달려갔다. 빅 조는 흥분해서 눈을 반짝이며 헐떡거렸다. 나한테 보여 줄 게 있었던 큰형은 양손을 모으고 있다가 내가 볼 수 있을 만큼만 벌렸다. 손 안에 작은 도마뱀이 웅크리고 있었다. 큰형이 어디서 도마뱀을 찾았는지 난 알았다. 빅 조의 단골 사냥터인 교회 묘지였다. 우리가 아버지의 무덤에 꽃을 두러 갈 때마다 빅 조는 혼자 빠져나가 '수집품'을 늘리기 위해 사냥에 나섰다. 그가 가만히 서서 교회 탑을 올려다보며 〈오렌지와 레몬〉을 부르지 않는 것은 그때뿐이었다. 빅 조는 목이 터져라 노래를 부르면서 탑 주변을 날아다니는 나방을 쳐다봤다. 빅 조에게 그보다 행복한 것은 없는 듯했다.

그가 도마뱀을 다른 수집품들과 같이 두리라는 것을 나는 알았다. 빅 조는 도마뱀, 고슴도치 같은 것들을 상자들에 나눠 담아 집 헛간 뒤쪽에 두었다. 나는 손가락으로 도마뱀을 쓰다듬으면서 귀엽다고 말했다. 사실 그랬다. 그러자 빅 조는 〈오렌지와 레몬〉을 흥얼대면서 슬렁슬렁 골목길을 내려갔다. 큰형은 사랑스러운 도마뱀을 경이롭게 내려다보면서 걸었다.

빅 조가 눈앞에서 걸어가는데 누군가 내 어깨를 따끔할 정도로 힘껏 내려친다. 덩치가 큰 지미 파슨스다. 찰리 형이 그를 피하라는 경고를 종종 했다.

"누구 형이 정신병자냐?"

지미 파슨스가 히죽대면서 말한다. 처음에는 내 귀를 의심한다.

"뭐라고 말했어?"

"네 형은 정신병자야. 미치광이, 병신, 멍텅구리라고!"

나는 그에게 소리를 지르면서 주먹을 마구 날리지만, 한 대도 제대로 맞히지 못한다. 지미 파슨스가 내 얼굴을 정통으로 때리자 나는 나가떨어진다. 정신을 차리고 바닥에 주저앉아 코피를 닦고 손등에 묻은 피를 내려다본다. 그때 지미가 세게 발길질을 한다. 나는 몸을 보호하려고 고슴도치처럼 몸을 둥글게 말지만 큰 도움이 안 되는 것 같다. 지미가 내 등이며 다리를 비롯해 발이 닿는 곳은 어디든 계속 걷어찬다. 그러다가 갑자기 지미가 발길질을 멈추었다. 난 어찌된 영문인지 궁금해진다.

고개를 드니 찰리 형이 지미의 목덜미를 잡아 땅바닥에 쓰러뜨리는 게 보인다. 둘은 뒤엉켜서 구르고, 욕을 하면서 서로 때린다. 이제 전교생이 모여들어 싸움을 구경하면서 응원한다. 그때 머닝스 교장이 성난 황소처럼 으르렁대면서 건물에서 달려 나온다. 교장은 두 사람을 떼어 놓고 목덜미를 잡아 질질 끌고 학교 안으로 들어간다. 교장이 주저앉아 피를 흘리는 나를 못 봐서 천만다행이다. 찰리 형은 회초리를 맞고 지미 파슨스도 마찬가지다. 각자 여섯 대씩 맞는다. 그래서 그날 찰리 형은 날 두 번 구한다. 나머지 학생들은 말없이 운동장에 서서, 회초리 소리를 들으며 수를 헤아린다. 덩치 큰 지미가 먼저 매를 맞으면서 계속 소리친다.

"앗, 선생님! 앗, 선생님! 앗!"

하지만 찰리의 순서가 되자, 회초리 치는 소리만 날 뿐 침묵이 흐른다. 그런 형이 정말로 자랑스럽다. 나에게는 세상에서 가장 용감한 형이 있다.

몰리가 다가와서 내 손을 잡고 펌프로 데려간다. 몰리는 펌프질을 해서 손수건을 적셔 내 코와 손과 무릎을 닦아 준다. 사방에 피가 묻은 것 같다. 물은 기분 좋게 차가워서 마음을 달래 주고, 몰리의 손은 부드럽다. 몰리는 한동안 아무 말도 하지 않는다. 상처가 욱신거리지 않게 아주 가만가만, 아주 조심스럽게 닦아 낸다. 그런 다음 불쑥 말한다.

"난 빅 조가 좋아. 빅 조는 친절해. 난 친절한 사람들이 좋더라."

몰리는 빅 조를 좋아한다. 이제 나는 죽는 날까지 몰리를 사랑하리란 확신이 든다.

한참 지난 후, 찰리 형이 바지를 추키면서 마당으로 나와 햇살을 받으며 빙긋 웃었다. 다들 찰리 주변에 모여들었다.

"아팠어, 찰리?"

"종아리를 맞은 거야, 엉덩이를 맞은 거야?"

찰리 형은 아이들에게 한 마디도 말하지 않았다. 그냥 아이들 사이를 지나서 곧장 나와 몰리에게 걸어왔다. 형이 말했다.

"지미 녀석이 다시는 그러지 않을 거야, 토모. 내가 무지 아픈 데를 때렸거든. 거시기 말이야."

찰리 형은 내 턱을 올리고 코를 살피면서 물었다.

"괜찮니, 토모?"

"좀 아파."

내가 대답했다.

"나도 엉덩이가 아파."

찰리 형이 말했다.

그러자 몰리가 웃음을 터뜨렸고 나도 따라 웃었다. 그러자 찰리 형이 웃었고 전교생이 다 같이 웃어 댔다.

그때부터 몰리는 우리와 어울렸다. 갑자기 우리 가족이라도 된 것 같았다. 그날 오후 몰리가 같이 우리 집에 가자, 빅 조는 꺾어 온 꽃을 주었다. 엄마는 몰리를 친딸처럼 대했다. 그 후 몰리는 거의 날마다 우리 집에 왔다. 항상 우리와 같이 있고 싶은 듯했다. 꽤 오래 지나서야 우리는 그 이유를 알았다. 엄마는 몰리의 머리를 빗겨 주곤 했다. 몰리도 그것을 좋아했고 우리는 구경하는 게 좋았다.

엄마. 난 엄마를 아주 자주 생각한다. 그럴 때면 높은 산울타리, 구불구불한 오솔길, 저녁이면 나란히 강가를 걷던 기억이 떠오른다. 조팝나무, 인동덩굴, 야생완두, 심장 풀, 붉은 동자꽃, 들장미가 생각난다. 엄마는 모르는 야생화나 나비의 이름이 없었다. 엄마가 동식물의 이름을 말할 때의 발음이 참 듣기 좋았다. 멋쟁이나비, 꿩, 배추흰나비, 부전나비. 지금 내 머릿속에서 엄마의 목소리가 울린다. 이유는 모르겠지만 엄마의 얼굴보다는 목소리를 더 잘 떠올릴 수 있다. 엄마가 늘 말을 해서 빅 조에게 주위 세상을 설명해 주어서 그럴 것이다. 엄마는 빅 조의 길잡이였고 통역자이자 선생님이었다.

학교에서는 빅 조를 받아 주려 하지 않았다. 머닝스 교장은 지진아라고 말했지만 빅 조는 지진아가 아니었다. 그냥 다를 뿐이었다. 엄마는 '특별하다'고 했다. 빅 조에게는 도움이 필요할 따름이었다. 엄마가 빅 조의 도우미였다. 어찌 보면 빅 조는 맹인과 비슷했다. 빅 조는 잘 볼 수는 있었지만, 무엇을 보고 있는지 이해하지 못하는 듯 보일 때가 무척 많았다.

그리고 간절히 알고 싶어 했다. 그래서 엄마는 어떤 것이 왜 그런지 끝없이 설명해 주곤 했다. 또 빅 조에게 노래도 자주 불러 주었다. 노래는 빅 조를 행복하게 했다. 빅 조가 기분이 나쁘거나 불안해할 때마다 엄마는 노래로 달랬다. 찰리 형과 내게도 습관처럼 노래를 불러 주었다. 우리는 노래를 좋아했고 엄마의 목소리를 사랑했다. 어린 시절, 우리에게 엄마의 목소리는 음악이었다.

아버지가 세상을 떠난 후로 그 음악은 멈추었다. 이제 엄마에게는 적막과 고요가 있었고, 집 안팎에서 슬픔이 우러났다. 나는 무서운 비밀을 품고 있었다. 내 마음 밖으로 끄집어낼 수 없는 비밀. 그래서 죄책감 때문에 점점 더 혼자 지냈다. 빅 조까지도 웃지 않았다. 식사 때면 아버지가 없어서 부엌이 유난히 텅 빈 것 같았다. 그 커다란 체구와 쩌렁쩌렁한 목소리가 없으니 쓸쓸했다. 이제 현관에 아버지의 낡은 작업복이 걸려 있지 않았고, 파이프 담배 냄새도 아주 희미해졌다. 아버지는 떠났고 우리는 조용히 애도했다.

엄마는 여전히 빅 조에게 말을 했지만 예전 같지 않았다. 빅 조가 말 대신 내는 끽끽대는 소리의 뜻을 제대로 아는 사람은 엄마뿐이었다. 그러니 엄마가 빅 조와 대화할 수밖에 없었다. 찰리 형과 나는 빅 조의 말을 일부 알아들었지만 엄마는 빅 조가 하고 싶은 말을 전부 이해하는 것 같았다. 어떤 때는 큰형이 말을 하기 전에 알기도 했다. 엄마에게 그늘이 졌고, 찰리 형과 나는 그것을 알아차릴 수 있었다. 아버지의 죽음 때문만은 아니었다. 엄마가 뭔가를 말하지 않는 게 틀림없었다. 우리에게 숨기는 게 있었다. 그게 뭔지는 금방 알게 되었다.

우리는 수업을 마치고 집에 와서 간식을 먹고 있었다. 몰리도 같이 있었다. 그때 누가 문을 두드리는 소리가 났다. 엄마는 누가 왔는지 금방 아는 눈치였다. 엄마는 시간을 끌며 마음의 준비를 했다. 앞치마의 주름을 펴고 머리를 다듬은 다음 문을 열었다. 대령이었다.

"전할 말이 있소, 피스풀 부인. 내가 무슨 일로 왔는지 부인도 알 거요."

대령이 말했다.

엄마는 우리에게 간식을 먹으라고 말한 다음, 문을 닫고 대령과 마당으로 나갔다. 찰리 형과 나는 몰리와 빅 조를 식탁에 남겨 두고 쏜살같이 뒷문을 빠져나갔다. 우리는 채소밭을 지나 울타리를 따라 달리다가, 헛간 뒤에 쭈그리고 앉아 엄마와 대령의 이야기에 귀를 기울였다. 두 사람이 있는 곳과 가까워서 말소리가 또렷하게 들렸다.

"남편이 이른 나이에 안타깝게 세상을 떠난 지 얼마 안 되어 이런 이야기를 꺼내자니 좀 매몰찬 것 같소만……."

대령이 말했다. 그는 말하면서 엄마를 보지 않고, 손에 든 모자를 소매로 문지르면서 내려다보았다. 대령이 계속 말했다.

"하지만 집 문제가 걸려 있소. 물론 엄밀히 말하자면 댁은 더 이상 거기 살 권리가 없소, 피스풀 부인. 잘 알겠지만 부인의 남편이 내 영지에서 일했기 때문에 그 집에서 살 수 있었던 것이소. 이제 그가 떠났으니 당연히……."

"무슨 말씀이신지 압니다, 대령님. 저희가 나가길 원하시는 거지요."

엄마가 말했다.

"글쎄, 딱히 그렇게 말하지는 않겠소. 난 당신들이 나가길 원하는 게 아니오, 피스풀 부인. 다른 일을 해 줄 수 있다면 안 그래도 될 거요."

"다른 일이요? 어떤 일 말씀인가요?"

엄마가 물었다.

"내 집에서 부인이 할 만한 일거리가 생겼소. 집사람의 하녀가 그만두겠다고 통고를 했소. 아다시피 내 아내는 건강하지 않소. 요즘은 대부분 휠체어에 앉아서 생활하오. 일주일 내내 하루도 쉬지 않고 계속 돌보고 보살펴 줘야 하오."

대령이 대답했다.

"하지만 제게는 아이들이 있습니다. 제가 일을 하면 우리 아이들은 누가 돌보겠어요?"

엄마가 사양했다.

한참 후에야 대령이 입을 열었다.

"두 아이는 이제 다 컸으니 알아서 지낼 수 있을 거라고 생

각했소. 그리고 다른 아이는 엑서터에 정신병원이 있소. 그곳
에 자리가 있는지 내가 알아봐 줄 수 있을 텐데……."

엄마가 대령의 말을 막았다. 엄마는 화를 간신히 누르고,
차갑지만 차분한 목소리로 말했다.

"그럴 수는 없습니다, 대령님. 못 합니다. 하지만 계속 이
집에서 살고 싶으면 제가 부인의 하녀로 일할 수 있는 방도를
찾아야겠지요. 대령님이 제게 하신 말씀이 그게 아닌가요?"

"어떤 일인지 제대로 알 거라 믿소, 피스풀 부인. 나는 분
명히 밝혔소. 이번 주 내로 동의해 주면 좋겠소. 잘 있으시오,
피스풀 부인. 그리고 다시 한 번 애도를 표하오."

우리는 대령이 엄마를 혼자 세워 두고 가는 것을 지켜보았
다. 태어나서 한 번도 엄마가 우는 모습을 본 적이 없었는데,
지금 엄마는 길게 자란 풀밭에 무릎을 꿇고 앉아 양손에 얼굴
을 묻고 울고 있었다. 빅 조와 몰리가 집에서 나온 것은 바로
그때였다. 빅 조는 엄마를 보자 달려가서 곁에 무릎을 꿇었
다. 그리고 엄마를 안고 가만히 몸을 흔들면서 〈오렌지와 레
몬〉을 불러 주었다. 마침내 엄마도 눈물을 글썽이면서 미소를
짓고 같이 노래했다. 그러자 우리 모두 노래를 불렀다. 도전
의 의미로 대령이 듣게 큰 소리로 불러 젖혔다.

나중에 몰리가 집에 돌아간 후, 찰리 형과 나는 과수원에
조용히 앉아 있었다. 그 순간 나의 비밀을 말할 뻔했다. 정말
이지 털어놓고 싶었다. 하지만 도저히 그럴 수가 없었다. 비

밀을 말하면 형이 다시는 나와 말을 안 할 것 같았다.

"난 대령이 싫어. 내가 혼내 줄 거야, 토모. 언젠가 진짜 혼내 줄 거야."

찰리 형이 소곤소곤 낮은 목소리로 말했다.

물론 엄마는 어쩔 수 없이 그 일자리를 받아들여야 했다. 이런 상황에서 우리가 도움을 청할 수 있는 친척은 딱 한 명이었다. 늑대 할머니. 다음 주에 할머니가 우리를 보살피려고 이사 왔다. 사실 우리의 진짜 할머니도 아니었다. 친할머니, 외할머니 모두 세상을 떠났다. 늑대 할머니는 엄마의 고모였지만 늘 '할머니'라고 부르라고 우겼다. '왕고모'란 호칭은 늙고 변덕스런 할멈 같다나. 딱 자기인데 말이지. 이사 오기 전부터 우리는 늑대 할머니가 싫었다. 무엇보다 코밑에 난 수염이 마음에 안 들었는데 이제 더욱 싫어졌다. 우리 모두 늑대 할머니의 사연을 알았다. 오랫동안 대령이 사는 '큰 집'에서 가정부로 일했는데, 무슨 이유에선지 대령의 부인은 그녀를 참고 보지 못했다. 두 여자는 사이가 완전히 틀어졌고, 결국 늑대 할머니가 그 집을 떠나 마을에 가서 살아야 했다. 맘대로 우리 집에 와서 우리를 보살펴 주게 된 것도 그 때문이었다.

하지만 우리끼리 있을 때면 찰리 형과 나는 그녀를 '왕고모'나 '할머니'라고 부르지 않았다. 우리끼리 부르는 호칭이 따로 있었다. 어렸을 때 엄마는 우리에게 《빨간 모자》를 자주 읽어 주었다. 찰리 형과 나는 책에 실린 그림을 잘 알았다. 늑대가 침대에 누워서 빨간 모자의 할머니인 체하는 그림. 그림속 늑대는 우리 '늑대 할머니'도 늘 쓰고 다니는 검은 모자와비슷한 모자를 쓰고 있었다. 또 우리 할머니처럼 늑대도 이빨사이가 벌어졌다. 그래서 아주 오래 전부터 우리는 그녀를'늑대 할멈'이라고 불렀다. 물론 대놓고 그렇게 부르지는 않았다. 엄마는 버릇없는 짓이라면서도 늘 고소해하는 듯했다.

우리가 그녀를 '늑대 할멈'이라고 생각한 것은 책 때문만은 아니었다. 이제 엄마가 집에 없으니 늑대 할멈은 누가 집안의 어른인지 우리에게 똑똑히 가르쳐 주려 했다. 우리는 모든 것을 '제대로' 해야 했다. 손을 씻고, 머리를 빗고, 음식을먹으면서 말하면 안 되고, 접시에 음식을 남기면 안 되었다.늑대 할멈은 '낭비하지 않으면 부족하지 않는 법'이란 말을입에 달고 살았다. 그건 그리 나쁘지 않았다. 우리는 음식을남기지 않는 데 익숙해졌다. 하지만 빅 조에게 모질게 구는것은 용서할 수 없었다. 늑대 할멈은 바보나 정신병자 다루듯빅 조에게 말을 하고 흉을 봤다. 마치 아기 대하듯 그를 대했다. 끝없이 큰형의 입을 닦아 주었고 식탁에서 노래하지 못하게 했다. 한번은 몰리가 항의하자, 할멈은 몰리를 때리고 집에 보냈다. 할멈은 빅 조가 시키는 대로 하지 않을 때도 손찌검을 했다. 그런 일은 자주 벌어졌고, 그러면 빅 조는 몸을 흔들고 혼잣말을 하기 시작했다. 무언가 못마땅할 때마다 빅 조가 하는 행동이었다. 이제 노래를 불러 주고 마음을 달래 줄 엄마가 집에 없었다. 몰리가 빅 조에게 말을 걸고 우리도 노력했지만, 엄마가 해 주는 것과는 달랐다.

늑대 할멈이 이사 들어온 날부터 우리의 세상은 변했다. 엄마는 우리가 학교에 가기 전인 새벽부터 일하러 '큰 집'에 갔고, 우리가 집에 돌아와서 식사를 할 때까지 돌아오지 않았다. 대신 문간에 늑대 할멈이 버티고 있었다. 이제 우리 집은 늑대 할멈의 소굴로 보였다. 또 빅 조는 항상 돌아다니기 좋아했지만 늑대 할멈은 그러지 못하게 했다. 그래서 빅 조는 우리가 집에 가면, 마치 몇 주 만에 만나는 것처럼 반갑게 뛰어왔다. 빅 조는 엄마가 집에 돌아와도 달려 나갔지만, 엄마는 고단한 나머지 빅 조와 대화를 못 할 때가 많았다. 엄마는 무슨 일이 벌어지고 있는지 알았지만, 어떻게 해 볼 힘이 없었다. 우리 모두 엄마를 잃은 것 같았다. 다른 사람이 엄마를 밀어내고 그 자리를 차지한 것 같았다.

이제 늑대 할멈이 모든 말을 했다. 엄마가 집주인인데도 할멈은 이래라저래라 지시했다. 그녀는 엄마가 우리를 제대로 키우지 못했다는 말을 입에 달고 살았다. 우리가 예의범절이라곤 모르고, 옳고 그름도 구분하지 못한다고, 엄마가 자기를 거역하고 결혼했다고 떠들어 댔다.

"내가 그때도 말했고, 그 후로도 쭉 말했지. 훨씬 잘 살았을 수도 있었는데. 그런데 내 말을 들어야 말이지. 귓등으로

도 안 들었어. 맙소사! 처음 눈이 맞은 남자랑 결혼하다니. 고작 숲 일꾼 나부랭이랑! 훨씬 좋은 신랑감을 만나야 했는데. 훨씬 집안 좋은 남자를 만났어야지. 우리는 상점을 운영하던 집안이야. 번듯한 상점이 있었고 수입도 꽤 쏠쏠했지. 사업 얘기는 나중에 더 알려 주마. 그런데 맙소사, 너희 엄마는 말을 들으려 하지 않았어. 네 할아버지를 가슴 아프게 했지, 정말이야. 그런데 지금의 꼴 좀 보라지. 그 나이에 하녀 노릇이나 하다니. 골칫거리지. 네 엄마는 태어난 그날부터 항상 골칫거리였어."

우리는 엄마가 대들기를 바랐지만, 매번 시큰둥하게 가만히 있었다. 엄마는 지친 나머지 아무것도 할 수가 없었다. 찰리 형과 내가 보기에 엄마가 다른 사람이 된 것 같았다. 목소리에는 웃음기가 없었고 눈은 빛을 잃었다. 나는 이 모든 일이 누구 때문에 벌어졌는지 너무나 잘 알았다. 아버지가 죽은 것이, 엄마가 '큰 집'으로 일하러 가는 것이, 늑대 할멈이 이사 와서 엄마 자리를 차지한 것이 누구 때문인지 잘 알았다.

이따금 밤이면 우리는 늑대 할멈이 침대에서 코 고는 소리를 들었다. 그러면 찰리 형과 나는 대령과 늑대 할멈에 대한 이야기를 지어 내곤 했다. 언젠가 우리가 '큰 집'에 올라가, 대령의 부인을 호수에 빠뜨려 버릴 거라고. 그러면 엄마가 집으로 돌아와서 우리 형제와 몰리와 같이 있을 수 있겠지. 모든 게 예전처럼 될 거야. 그러면 대령과 늑대 할멈은 결혼해서 그 후로 쭉 불행하게 살 거야. 두 늙은이는 괴물 자식들을 많이 낳을 거야. 자식들은 태어나면서 벌써 늙고 주름투성이에 이가 드문드문 나 있겠지. 딸들은 늑대 할멈처럼 코밑에 수염이 나고, 아들들은 대령처럼 구레나룻이 나 있을 테지.

그런 괴물 아이들이 득실대는 꿈을 자주 꾼 기억이 난다. 하지만 어떤 악몽이든 끝은 항상 똑같았다. 숲 속에 아버지와 내가 함께 있고, 나무가 쓰러지면 나는 비명을 지르면서 깼다. 그러면 찰리 형이 곁에 있었고, 모든 게 다시 괜찮아졌다. 찰리 형은 늘 모든 것을 다시 괜찮게 만들었다.

11시 15분경

여기 내 옆에 생쥐 한 마리가 있다. 쥐는 램프 불빛 속에 앉아서 나를 올려다본다. 내가 놀란 것처럼 녀석도 날 보고 놀란 듯싶다. 쥐는 가 버린다. 건초 밑 어딘가를 쪼르르 달려가는 소리가 여전히 들린다. 이제 완전히 가 버렸나 보다. 쥐가 돌아오면 좋겠다. 벌써 녀석이 그립다.

* * *

늑대 할멈은 쥐를 몹시 싫어했다. 무서워하는 기색을 감추지 못했다. 그래서 찰리 형과 나는 가을이 되어 비가 내리고 추위지면 활짝 웃었다. 안이 더 따뜻하다는 걸 아는 쥐들이 우리랑 살러 집으로 들어왔으니까. 빅 조는 생쥐를 사랑해서 먹을 것을 주기까지 했다. 그 때문에 늑대 할멈은 빅 조에게 버럭 소리를 지르고 때렸다. 하지만 빅 조는 왜 매를 맞는지 이해하지 못했고 전처럼 계속 쥐에게 먹이를 주었다. 할멈은 덫을 놓았지만 찰리 형과 내가 찾아내서 못쓰게 해 버렸다. 가을 내내 늑대 할멈이 잡은 쥐는 고작 한 마리였다.

그 쥐는 세상의 모든 쥐 가운데 가장 성대한 장례식을 누렸다. 빅 조가 상주가 되어 우리 모두를 대신해서 엄청나게 울었다. 나, 몰리, 찰리 형은 무덤을 팠고, 우리가 쥐를 땅에 묻자 몰리가 무덤에 꽃을 꽂고 찬송가 〈죄 짐 맡은 우리 구주〉를 불렀다. 우리는 이 모든 일을 과수원의 사과나무 뒤쪽에서 했다. 늑대 할멈이 알아채지 못할 자리였다. 나중에 우리는 무덤 주위에 둥그렇게 앉아서 검은딸기로 장례식 식사를 했다. 빅 조는 울음을 멈추고 검은딸기를 먹었고, 우리는 검은딸기를 입에 문 채 〈오렌지와 레몬〉을 불러 댔다.

늑대 할멈은 쥐를 없애려고 별별 짓을 다 했다. 식품실의 개수대 밑에 독약을 놔뒀는데 우리가 독약을 치웠다. 할멈은 마을에서 밥 제임스를 불러 쥐를 없애는 의식을 해 달라고 부탁했다. 매부리코의 밥 제임스는 사마귀를 없애 주는 주문을 걸었다. 그가 애를 썼지만 효과가 없었다. 그래서 결국 낙심한 할멈은 쥐들을 빗자루로 때려 집에서 내쫓기로 결심했다.

하지만 쥐 떼는 다시 집으로 들어왔다. 결국 할멈은 우리에게 더 고약하게 굴었다. 하지만 찰리 형과 나는 할멈이 겁을 먹고 멍청하게 굴고 마녀처럼 비명을 지르는 모습을 볼 수 있다면 얻어맞아도 괜찮다고 생각했다.

밤에 침대에 누워서 우리는 늑대 할멈의 이야기를 지어내었다. 이제 대령과 늑대 할멈은 인간 아기를 낳지 않았다. 대신 거대한 쥐 아이들을 낳았는데 아이들은 모두 기다란 꼬리와 씰룩이는 수염을 달고 태어났다. 하지만 이후 늑대 할멈이 저지른 짓을 보면서, 할멈은 그런 무서운 운명을 맞아 마땅하다고 생각했다.

늑대 할멈은 이따금 몰리에게 손찌검을 했지만, 우리보다 몰리가 훨씬 마음에 드는 눈치였다. 그럴 만도 했다. 할멈은 자주 우리에게 여자애들은 착하다고 말했다. 사내애들처럼 막되지도, 상스럽지 않다고 했다. 게다가 늑대 할멈은 몰리의 부모와 친한 친구 사이였다. 우리처럼 그들은 대령의 사유지에 있는 오두막집에 살았다. 몰리의 아버지는 대령의 저택인 '큰 집'에서 말을 보살폈다. 늑대 할멈은 그들은 제대로 된 사람들이라고 말했다. 신을 두려워할 줄 알고, 자식들을 얌전하게 키운 사람들이라고. 그건 엄격하다는 뜻이었다. 몰리에게 들은 바로는 몰리의 부모님 역시 엄했다. 몰리는 계속 방에 있는 벌을 받거나 별일 아닌 것으로도 아버지에게 가죽 끈으로 맞았다. 몰리는 나이 많은 부부의 외동딸이었다. 몰리는 부모님이 완벽한 딸을 바란다고 말했다. 아무튼 할멈이 몰리네 가족을 좋게 보니 다행이었다. 안 그랬으면 할멈은 몰리가 집에 와서 우리랑 놀지 못하게 했을 게 뻔했다. 늑대 할멈은 몰리가 좋은 영향을 줄 거라고, 우리에게 예절을 가르쳐서 막 돼먹고 상스러운 우리가 좀 나아지게 만들 거라고 말했다. 덕분에 다행히도 몰리는 매일 수업이 끝난 후에 같이 집에 와서 식사를 할 수 있었다.

쥐의 장례식을 치루고 얼마 안 지나서 빅 조의 생일이 되었다. 찰리 형과 나는 마을의 브라이트 부인의 상점에서 박하사탕을 샀다. 빅 조가 항상 좋아하는 간식이었다. 몰리는 작은 갈색 상자에 담긴 선물을 가져왔다. 공기가 통하도록 구멍을 뚫은 상자는 고무줄이 둘러져 있었다. 학교에 있는 동안 몰리는 상자를 마당 끝의 수풀에 숨겨 놓았다. 학교에서 집으로 걸어갈 때 우리가 마구 조르자 몰리는 상자에 든 것을 보여 주었다. 들쥐였다. 난 그렇게 작고 귀여운 쥐는 처음 보았다. 귀는 크고 눈이 왕방울만 했다. 몰리가 손가락으로 쓰다듬자, 쥐는 상자 안에 서서 우리를 보며 수염을 씰룩거렸다. 식사를 마친 후 과수원에서 몰리가 빅 조에게 선물을 주었다. 집에서 보이지 않는 곳이어서 늑대 할멈의 감시를 피할 수 있었다. 빅 조는 선물받은 쥐를 보물 상자에 담아서 침실 찬장 서랍에 감추었다. 다른 동물들이랑 같이 헛간에 두면 쥐가 추울 거라고 했다. 쥐는 빅 조가 가장 사랑하는 보물이 되었다.

우리는 빅 조에게 늑대 할멈에게 말하면 안 된다는 것을 이해
시키려고 애썼다. 그녀가 알았다간 쥐를 빼앗아서 죽일 거라
고 일렀다.

늑대 할멈이 어떻게 알았는지 모르겠지만, 며칠 후 우리가
집에 돌아가자 빅 조가 자기 방에 앉아 가슴을 쥐어뜯으며 울
고 있었다. 찬장 서랍이 비워져 있었다. 늑대 할멈이 쿵쾅대
며 들어와서, '자기' 집에 더럽고 못된 동물은 들여놓지 않겠
다고 말했다. 더 나쁜 것은 이제 빅 조가 집에 들여놓을 동물
도 없다는 점이었다. 도마뱀들, 고슴도치 모두 할멈이 없앴기
때문이었다. 동물 가족이 사라져서 빅 조는 가슴이 찢어졌다.
몰리는 늑대 할멈이 잔인한 여자라고, 죽으면 지옥에 갈 거라
고 소리를 질렀다. 그리고 눈물을 흘리며 집으로 뛰어갔다.

그날 밤 찰리 형과 나는 이야기를 지어내었다. 우리가 다
음 날 늑대 할멈의 홍차에 쥐약을 넣어서 할멈을 죽이는 내용
이었다. 결국 할멈을 없앴지만, 다행스럽게도 쥐약을 쓸 필요
가 없었다. 대신 기적이 일어났다. 멋진 기적이.

먼저 대령 부인이 휠체어에 앉은 채로 죽는 바람에, 우리
가 호수에 떠밀 필요가 없었다. 그녀는 다과를 들다가 스콘
빵이 목에 걸렸다. 엄마가 구하려고 갖은 애를 썼지만, 대령
부인은 숨을 멈추었다. 거창한 장례식이 열려서 우리 모두 참
석해야 했다. 은 손잡이가 달린 반짝이는 관에 대령 부인이

누워 있었다. 그 위에 꽃이 수북이 쌓여 있었다. 목사는 그녀가 사람들에게 큰 사랑을 받았으며, 몸 바쳐 모든 사람을 보살폈다고 말했다. 하나같이 처음 들어보는 말이었다.

나중에 사람들이 교회 바닥을 열고 대령 부인을 가족 묘에 묻는 동안, 우리 모두 〈때 저물어 날 이미 어두우니〉라는 찬송가를 불렀다. 나라면 아버지의 단순한 관에 누워 바깥에 묻히겠다는 생각이 들었다. 햇살이 쏟아지고 바람이 부는 곳이 좋지, 죽은 친척들과 우울한 구멍 속에 있고 싶을까? 찬송가를 부르는 도중에 엄마는 빅 조를 데리고 나가야 했다. 빅 조가 다시 아주 크게 〈오렌지와 레몬〉을 불러 댔기 때문이었다. 늑대 할멈은 못마땅해서 우리에게 늑대처럼 이빨을 드러내고 인상을 썼다. 그 당시에는 몰랐지만, 할멈은 머지않아 우리 집에서 완전히 사라질 터였다. 분노, 협박, 미움을 다 갖고 나갈 터였다.

갑자기 기쁘고 기쁘게도 엄마는 다시 집에서 우리와 지내게 되었다. 우리는 곧 늑대 할멈이 마을로 돌아가기를 기대했다. '큰 집'에는 엄마가 할 일이 없었다. 시중들 마님이 없었으니까. 엄마는 집에 있었고, 하루하루 다시 예전의 엄마로 돌아갔다. 엄마와 늑대 할멈 사이에 불꽃 튀는 말싸움이 자주 벌어졌다. 할멈이 빅 조를 대하는 태도 때문이었다. 엄마는 이제 집에 있으니 더 이상 그런 꼴을 참지 않겠다고 말했다. 우리는 한 마디도 빼놓지 않고 들었고, 매 순간 마음이 흐뭇했다. 하지만 이 새로운 기쁨 위에 큰 그림자가 드리워졌다. 엄마가 일을 하지 않아 수입이 없으니 사정이 점점 힘들어지리란 것을 알 수 있었다. 벽난로 선반에 놓인 머그잔에 돈이 들어 있지 않았고, 나날이 식탁에 올라오는 음식이 줄었다. 한동안은 감자밖에 못 먹었고, 조만간 대령이 우리를 오두막집에서 내쫓으리란 것을 다들 알았다. 우리는 대령이 문을 두드릴까 봐 조마조마했다. 한편, 갈수록 더욱 배를 곯았다.

밀렵하러 가는 것은 찰리 형의 생각이었다. 연어, 바다 송어, 토끼, 운이 좋으면 사슴도 몰래 잡을 수 있다고 했다. 아버지도 가끔 밀렵을 해서 찰리 형은 어떻게 하는지 알았다. 몰리와 나는 망을 보면 됐다. 그러면 찰리 형이 덫을 놓거나 낚시를 할 수 있었다. 그래서 해 질 녘이든 새벽이든 같이 빠져나갈 수 있을 때면 우리는 대령의 영지로 밀렵을 하러 나갔다. 대령의 숲이나 대령의 강으로. 강에는 바다 송어와 연어가 많았다. 빅 조는 데리고 갈 수가 없었다. 큰형은 시도 때도 없이 노래를 부르기 때문에 들킬 수 있었다. 게다가 엄마한테 말할 터였다. 빅 조는 엄마한테 뭐든 다 말했다.

우리는 잘 해냈다. 토끼를 많이 잡아 왔고, 송어도 몇 마리 가져왔다. 한번은 6킬로그램이 넘는 송어를 잡기도 했다. 그래서 이제 감자와 같이 먹을 음식이 생겼다. 우리는 대령의 부지에서 사냥한다는 말을 엄마한테 하지 않았다. 엄마가 알면 그런 일을 승낙하지 않을 테고, 늑대 할멈이 알면 큰일이었다. 당장 대령에게 가서 고해바칠 테니까. 할멈은 그를 '내 친구 대령님'이라고 불렀다. 할멈은 입만 열면 대령을 칭찬했기 때문에 우리에게는 요주의 인물이었다. 우리는 과수원에서 토끼를 잡고 마을의 시냇가에서 물고기를 잡는다고 말했다. 거기서 잡히는 송어는 아주 작았지만, 어른들은 그걸 몰랐다. 찰리 형은 연어가 알을 낳으러 시내를 거슬러 올라왔을 거라고 말했다. 물론 연어 떼는 그랬다. 찰리 형은 늘 거짓말을 잘했고, 어른들은 그 말을 믿었다.

몰리와 내가 망을 보는 사이 찰리 형은 덫을 놓거나 그물을 던졌다. 대령의 토지 관리인인 램버트는 늙긴 했지만 영리했고, 우리가 밀렵하는 것을 알면 그는 개를 풀어놓을 터였다. 어느 늦은 저녁, 다리 근처에 앉아 있을 때였다. 찰리 형이 그물을 강에 던지느라 분주한 사이, 몰리는 내 손을 잡더니 꼭 쥐었다.

"난 어두운 게 싫어."

몰리가 소곤댔다. 나는 더없이 행복했다.

다음 날 대령이 집에 나타나자, 우리는 밀렵이 들통 났거나 우리를 내쫓으러 온 거라 짐작했다. 그런데 두 가지 다 아니었다. 늑대 할멈은 대령을 기다린 눈치였는데 그게 좀 이상했다. 할멈이 문을 열고 대령을 맞이했다. 대령은 엄마에게 고개를 끄덕이고 우리에게는 얼굴을 찌푸렸다. 늑대 할멈은 우리더러 나가 있으라고 하고 대령에게 앉으라고 권했다. 우리는 엿들으려 했지만, 빅 조를 조용히 시킬 수가 없어서 나중에 최악의 소식을 들을 때까지 기다려야 했다. 그런데 알고 보니 최악의 소식이 아니라 최고의 소식이었다.

대령이 가자 늑대 할멈이 우리더러 안으로 들어오라고 했다. 난 할멈이 잘난 체하는 표정을 지으며 우쭐대는 것을 알 수 있었다. 할멈은 모자를 쓰면서 거만하게 말했다.

"너희 엄마가 설명해 줄 게다. 난 당장 '큰 집'에 올라가 봐야 해. 할 일이 있거든."

엄마는 늑대 할멈이 나갈 때까지 기다렸다가, 웃음을 감추지 못하며 말했다.

"저기, 예전에 왕고모가 '큰 집'에서 가정부로 일했던 것을 너희도 알지?"

"그러다가 대령 부인한테 쫓겨났고요."

찰리 형이 말했다. 엄마가 계속 설명했다.

"그래, 일자리를 잃으셨지. 이제 부인이 세상을 떠났으니, 대령이 다시 왕고모를 입주 가정부로 쓰고 싶은 것 같구나. 왕고모는 최대한 서둘러 '큰 집'으로 이사할 거야."

난 환호성을 지르고 싶었지만 참았다.

"우리 집은요? 노인네가 우리를 내쫓는 건가요?"

찰리 형이 물었다.

"아니란다. 우리는 그대로 살 거야. 대령 부인이 날 좋아해서 세상을 떠나기 전에 남편에게 약속을 받아 뒀다고 대령이 그러더구나. 부인에게 무슨 일이 생기면 대령이 날 돌봐 주겠다고 말이지. 대령은 그 약속을 지킬 거야. 대령은 어쨌든 약속은 지키는 사람이란다. 나는 대령의 침구류를 빨고 바느질을 해 주기로 했단다. 대부분 집으로 가져올 수 있는 일감이지. 그러니 우리에게는 수입이 생기는 거야. 이제 어떻게든 살아갈 수 있을 거야. 다들 좋지? 우린 그대로 사는 거야!"

우리는 환호했고 빅 조도 누구보다 크게 소리쳤다. 그래서 우리는 오두막집에 그대로 살았고, 늑대 할멈은 이사했다. 우리는 자유를 찾았고, 다시 세상이 제대로 돌아갔다. 적어도 한동안은 그랬다.

두 사람은 다 나보다 나이가 많았다. 몰리는 나보다 두 살, 찰리 형은 세 살 위였다. 그들은 늘 나보다 빨리 달렸다. 나는 두 사람이 앞서 달리는 걸 구경하며 살 팔자 같았다. 그들이 풀밭에서 펄쩍펄쩍 뛸 때 몰리의 땋은 머리는 아래위로 흔들리고, 둘의 웃음소리가 뒤섞였다. 둘이 아주 멀리 앞서 갈 때면, 나 없이 둘만 있고 싶어 한다는 느낌이 들 때가 있었다. 내가 몹시 속상하다는 것을 알리려고 징징대면, 그들은 내가 따라잡을 때까지 기다려 주었다. 가장 좋은 때는 몰리가 다시 뛰어와서 내 손을 잡아 줄 때였다.

대령의 부지에서 위험을 즐기며 물고기를 밀렵하거나 사

과 서리를 하지 않을 때면 우리는 시골을 쏘다녔다. 몰리는 고양이처럼 나무를 잘 타서, 우리 형제보다 속도가 빨랐다. 가끔 우리는 강변에 내려가서 날아가는 물총새를 구경하거나 '오크먼트' 연못으로 수영하러 가서 버드나무에 매달렸다. 그 주변은 물이 검고 깊어서 신비로웠고, 아무도 오지 않았다.

몰리가 찰리 형을 부추겨서 옷을 다 벗게 한 날이 기억난다. 형이 옷을 벗자 난 깜짝 놀랐다. 그러자 몰리도 옷을 벗었고, 둘은 소리를 지르면서 연못의 밑바닥까지 내려갔다. 두 사람이 내게 따라 하라고 소리쳤지만, 난 그럴 수가 없었다. 특히 몰리 앞에서는. 나는 시무룩해져서 물가에 앉아 그들이 물장구치고 키득대는 광경을 지켜보았다. 지켜보는 내내 나도 용기가 있어서 찰리 형처럼 알몸으로 헤엄칠 수 있기를 바랐다. 그들과 같이 있으면 좋을 텐데. 나중에 몰리는 나무 덤불 뒤에서 옷을 입으면서 우리더러 보지 말라고 말했다. 하지만 우리는 훔쳐봤다. 옷을 벗은 여자를 본 것은 그때가 처음이었다. 몰리는 무척 날씬하고 살이 희었다. 그녀는 행주 짜듯 땋은 머리를 꾹 짰다.

며칠 지난 후 그들은 나를 꼬드겨서 물속에 들어가게 했다. 몰리는 허리까지 물이 차는 강에 들어가 서서 양손으로 눈을 가렸다.

몰리가 소리쳤다.

"이리 와, 토모. 안 볼게. 약속해."

또 따돌림 당하기 싫어서 난 옷을 벗고 강으로 뛰어들었다. 몰리가 손가락 사이로 볼까 봐 손으로 앞을 가리고 달렸다. 한 번 그렇게 한 후로는 옷을 벗는 게 아무렇지도 않아졌다.

이따금 이런 장난이 싫증 나면 우리는 수심이 얕은 곳에 누워서 이야기를 나누었다. 그럴 때면 강물이 몸 위에서 찰랑댔다. 얼마나 이야기를 많이 했는지⋯⋯. 한번은 몰리가 바로 그때 거기서 죽고 싶다고 말했다. 내일은 오늘처럼 좋을 수가 없으니까 내일이 오기를 바라지 않는다면서.

"난 알아."

몰리는 일어나 앉아서 작은 조약돌을 한 움큼 모았다. 그리고 덧붙여 말했다.

"내가 우리의 미래를 말해 줄게. 집시들이 점치는 걸 본 적이 있어."

몰리는 양 손바닥을 둥글게 맞대고 손바닥 안에 든 조약돌을 흔든 다음, 눈을 감고 진흙 바닥에 뿌렸다. 그리고 조약돌 앞에 무릎을 꿇고서 점괘라도 읽는 것처럼 아주 진지하게 천천히 말했다.

"우리는 항상 같이 있을 거래. 우리 셋이 영원히. 우리가 붙어 있는 한 운이 좋고 행복할 거래."

몰리는 우리에게 미소를 짓고 덧붙였다.

"그리고 돌은 거짓말을 안 해. 그러니까 너희는 나랑 꼭 붙어 있는 거야."

1, 2년 간은 몰리의 점괘가 맞았다. 그러다가 하루는 몰리가 병이 나 학교에 오지 않았다. 머닝스 교장은 몰리가 성홍열에 걸렸고 병세가 심하다고 말했다. 그날 저녁 식사를 마친후, 찰리 형과 나는 몰리의 집에 올라갔다. 우리는 엄마가 따준 스위트피 꽃을 가져갔다. 스위트피는 엄마가 아는 꽃 중에서 가장 향기가 좋은 꽃이라고 했다. 성홍열은 잘 옮기 때문에 우리는 집에 들어가지 못하리라는 걸 알았다. 하지만 몰리의 엄마는 우리를 보고 전혀 반가워하지 않았다. 그녀는 늘침울해 보였지만 그날은 화까지 난 것 같았다. 꽃을 쳐다보지도 않고 받더니, 우리에게 다시 오지 않는 게 좋을 거라고 말했다. 그때 그녀의 등 뒤로 몰리의 아버지가 나타났다. 퉁명스럽고 흐트러져 보이는 그는 우리 때문에 몰리가 잠을 못 자겠다며 가라고 말했다. 그 집을 나오면서 몰리가 얼마나 불행할까 하는 생각밖에 안 들었다. 음침하고 지저분한 집에서 그런 부모와 살아야 되다니……. 그때 그 나무가 정작 덮쳐야할 사람은 두고 엉뚱한 아버지를 덮쳤다는 생각도 들었다. 우리는 오솔길 끝에 멈춰 서서 몰리의 방 창문을 올려다보았다. 몰리가 창가에 서서 손을 흔들어 주기를 바랐지만 보이지 않았다. 몰리는 진짜 아픈 모양이었다.

찰리 형과 나는 주일학교에 다니지 않은 후로 기도를 하지 않았지만, 어떻게 하는지 알았다. 매일 밤 우리는 빅 조와 나란히 앉아, 몰리가 죽지 않게 해 달라고 기도했다. 조는 〈오렌

지와 레몬〉을 불렀고, 마지막에 우리는 "아멘."이라고 외쳤
다. 더불어 검지와 중지를 꼬아 행운도 빌었다.

자정 10분 전

　내가 정말 신이 있다고 믿었는지 잘 모르겠다. 주일학교에 다닐 때조차도. 교회에서 스테인드글라스에 그려진 십자가에 달린 예수를 올려다보면 안쓰러웠다. 그게 얼마나 잔인한 짓인지, 얼마나 아플지 알 수 있으니까. 예수가 착하고 친절한 사람이었다는 것은 알았다. 하지만 왜 그의 아버지이며 전능한 하느님께서 인간들이 예수에게 그런 짓을 하게 놔뒀는지 모르겠다. 왜 그가 그다지도 고통을 당하게 내버려 뒀을까. 그때나 지금이나 난 신에게 기도하는 것이 행운을 빌며 손가락 꼬기나 몰리의 점괘와 똑같이 신빙성이 있거나 없다고 믿는다. 신이 없다면 천국이 있을 리 없으므로 그렇게 생각하면 안 될 텐데. 오늘 밤에는 천국이 있다고 믿고 싶은 마음이 간절하다. 아버지가 말했듯이 죽은 다음에 새로운 삶이 있다고, 죽음은 끝이 아니라고, 우리 모두 다시 만난다고 믿고 싶다.

* * *

몰리가 성홍열을 앓던 시기에 찰리 형과 나는 우리를 낙심시킨 몰리의 점괘가 한편으로는 진실이었음을 깨달았다. 몰리와 있을 때, 우리 셋일 때는 운이 따랐지만, 몰리가 없으니 운이 나빴다. 이제껏 우리 셋이 대령의 물고기를 밀렵하러 갔을 때는 한 번도 들키지 않았다. 램버트 노인과 개에게 들킬 뻔한 적이 몇 번 있었지만, 우리는 늘 망을 잘 봤다. 항상 그들이 오는 소리를 미리 들어서 들키는 것을 면했다. 하지만 몰리 없이 처음으로 찰리 형과 내가 밀렵을 나간 날, 일이 엉망이 되었다. 내 잘못으로 완전히 망치고 말았다.

우리는 밀렵하기에 딱 좋은 날을 골랐다. 바람 한 점 불지 않아서 누가 오든 기척을 들을 수 있었다. 몰리가 옆에서 망을 볼 때면 난 졸리지 않았다. 늘 램버트 노인과 개가 오는 기척이 들리면, 찰리 형을 불러 강에서 나오게 한 다음, 여유 있게 셋이 몸을 피했다. 하지만 이날 밤 나는 집중력을 잃었다. 평소 자주 가는 다리 옆에서 난 지나치게 편안하게 자리 잡았고, 찰리 형은 강물에 그물을 던졌다. 얼마 후 나는 잠이 들고 말았다. 난 쉽게 졸지 않지만, 한번 잠들면 깊이 잔다.

나는 개가 내 목덜미를 쿵쿵대는 것을 느끼고 퍼뜩 잠에서 깼다. 곧 개가 내 얼굴에 대고 짖어 댔고, 램버트 노인이 나를 일으켜 세웠다. 저기 달빛 쏟아지는 강 가운데서 찰리 형이 그물을 끌어내고 있었다.

"피스풀 아들들 아니냐! 이 못된 놈들! 너희는 현장에서 잡혔다. 단단히 벌 받을 줄 알아!"

찰리 형은 거기 나를 버리고 갈 수도 있었다. 죽어라 달아나서 벌을 면할 수 있었지만, 형은 그런 사람이 아니다. 여지 껏 그런 적이 없다.

램버트 노인이 우리의 등에 총구를 겨누고 강을 따라 걷게 했다. 우리는 '큰 집'으로 올라갔고, 개가 가끔 우리의 발꿈치에 대고 으르렁대서 아직 거기 있다는 것을 일깨웠다. 혹시 달아나려 하면 우리를 산 채로 잡아먹을 거라고 경고하듯 으르렁댔다. 램버트 노인은 우리를 마구간에 가두고 혼자 나갔다. 우리가 어둠 속에서 기다리는 사이, 말들은 이리저리 움직이고, 먹이를 씹고 콧방귀를 뀌었다. 곧 등잔 불빛이 보였고 발자국 소리와 사람 목소리가 났다. 그때 슬리퍼를 신고 가운을 걸친 대령이 잠옷 모자를 쓴 늑대 할멈을 데리고 나타났다. 할멈은 램버트 노인과 그 개 못지않게 사나워 보였다.

대령은 우리를 번갈아 쳐다보더니 고개를 저으며 못마땅해했다. 먼저 입을 연 것은 늑대 할멈이었다.

"내 평생 이렇게 창피한 꼴은 처음이야. 내 집안 사람들이! 너희는 정말이지 집안의 수치야. 대령님이 우리를 위해 엄청난 은혜를 베푸시는데 말이지. 비열한 도둑놈들 같으니!"

할멈이 말을 마치자 이번에는 대령의 차례였다.

"너희같이 어린 말썽꾼들을 다루는 방법은 치안판사 앞에 세워 처분을 받게 하는 것뿐이지. 하지만 내가 치안판사니까 그런 수고를 할 필요까지도 없겠지, 안 그래? 내가 당장 선고를 하겠다. 너희는 내일 아침 열 시 정각에 여기로 올라오도록 해라. 그러면 내가 각자 저지른 짓에 마땅한 만큼 매질을 하겠다. 그 다음에 여기 머물면서 내가 가라고 허락할 때까지 사냥개 우리를 말끔히 치워라. 다시는 내 땅에서 밀렵을 하면 안 된다는 교훈을 단단히 배우게 되겠지."

집에 돌아가서 엄마에게 우리가 저지른 짓을 낱낱이 고하고, 대령이 한 말도 죄다 전했다. 주로 찰리 형이 말했다. 엄마는 굳은 얼굴로 앉아서 말없이 듣기만 하다가 속삭이듯 낮은 목소리로 말했다.

"내가 한 가지는 말해 두마. 매질은 당하지 않을 거야. 나를 죽이고 때리라 그래."

그러더니 엄마는 눈물이 그렁그렁한 눈으로 우리를 올려다보았다.

"왜 그랬니? 시냇가에서 낚시한다고 했잖아. 나한테 그렇게 말했지. 아, 찰리. 토모."

빅 조가 엄마의 머리를 쓰다듬었다. 빅 조는 안절부절못하고 당황했다. 엄마가 큰형의 팔을 토닥거리며 말했다.

"괜찮아, 조. 내가 내일 동생들을 데리고 '큰 집'에 올라갈 거야. 개 우리를 청소하는 것은 나도 뭐라고 안 해. 그런 벌은 받아도 싸. 하지만 벌은 거기까지야. 무슨 일이 있어도 그 사람이 너희에게 손가락 하나 대지 못하게 할 거야."

엄마는 스스로 한 말을 지키는 사람이었다. 어떤 방법을 썼는지, 대령에게 무슨 말을 했는지 모르겠지만, 다음 날 엄마는 대령의 서재에서 대령과 만났다. 엄마는 우리가 대령 앞에 서서 사과하게 했다. 개인의 재산을 침범한 데 대한 긴 설교가 이어진 후, 대령은 마음이 바뀌었다고 말했다. 매질을 하는 대신 우리더러 크리스마스까지 매주 토요일과 일요일에 개 우리를 청소하라고 말했다.

막상 해 보니 개 우리를 청소하는 일은 전혀 싫지 않았다. 냄새는 고약할 수 있어도 우리가 청소하는 동안 주변에서 사냥개들이 꼬리를 세우고 흔들면서 즐거워했으니까. 우리는 자주 일을 멈추고 개들을 쓰다듬어 주었다. 물론 보는 사람이 없는지 확인부터 했다. 우리가 특히 귀여워하는 개는 '버사'였다. 암캐인 버사는 몸통은 새하얗고 한쪽 발은 갈색으로, 눈이 무척 예뻤다. 버사는 우리가 쓸고 닦을 때 늘 곁에 서서, 감탄스러운 눈으로 우리를 올려다보았다. 나는 버사의 눈을 볼 때마다 몰리를 생각했다. 버사처럼 몰리의 눈은 불그레한 갈색이었다.

우리는 조심해야 했다. 이제 어느 때보다 의기양양한 늑대 할멈이 마구간 마당에 자주 와서 우리가 일을 제대로 하는지 감시했기 때문이었다. 할멈은 언제나 "꼴좋다!"나 "단단히 혼나야지!", "창피한 줄 알아!" 같은 심술궂은 말을 했다. 그리고 늘 혀를 끌끌 찼다. 마지막에는 엄마를 나무라는 빈정대는 말을 쏘아붙였다.

"하긴 어미가 그 꼴이니 너희 잘못만도 아니지. 안 그러냐?"

그러다가 크리스마스이브가 되었고 마침내 우리의 처벌도 끝났다. 우리는 버사에게 상냥하게 작별 인사를 하고, 마지막으로 대령의 차도를 달려 집으로 갔다. 뛰면서 야유를 퍼부었다. 집에 돌아오니, 우리가 감히 생각지도 못한 최고의 크리스마스 선물이 기다리고 있었다. 문으로 들어가자, 몰리가 앉아서 우리에게 미소를 지었다. 안색은 창백했지만 몰리가 다시 우리에게 돌아왔다. 우리는 다시 함께 어울렸다. 몰리의 머리가 더 짧아졌다. 땋은 머리를 하지 않아서 왠지 모습이 전혀 달라 보였다. 이제 몰리는 여자애가 아니었다. 무언가 다른 아름다움을 풍겼다. 곧 그 아름다움에 나는 몰리에게 새롭고 더 깊은 사랑을 느꼈다.

그때는 몰랐지만 나는 늘 계속 몰리와 찰리 형과 비교하면서 성장했다는 생각이 든다. 그들보다 훨씬 뒤쳐졌다는 것이

나날이 더 고통스럽게 느껴졌다. 그들보다 체구가 작고 느린 것만이 아니었다. 그런 게 마음에 들지는 않았지만 점차 익숙해졌다. 우리의 격차가 더 심해진 게 문제였다. 차이가 점점 커졌다. 몰리가 상급반으로 올라가면서 더 심각해졌다. 나는 하급반에 붙들려 있었고, 둘은 내게서 점점 멀어졌다. 하지만 다 같이 마을 학교에 다닌 동안은 그리 속상하지 않았다. 적어도 늘 그들과 가까이 있었으니까. 언제나처럼 학교에 같이 걸어갔고, 목사관의 식품실에서 사모님이 내오는 레모네이드를 마시고 점심을 먹었다. 나중에 같이 걸어서 집에 갔다.

나는 종일 학교를 마치고 먼 길을 걸어 집에 가기만을 기대했다. 그때는 그들의 다른 친구들과 교장 선생이 눈에서도, 마음에서도 사라지니까. 우리는 언덕을 뛰어 내려가 냇가로 가서, 무거운 신발을 벗어 던졌다. 마침내 아픈 발과 발가락이 풀려났다. 냇가에 앉아, 시원한 물에 발을 담그고 기분 좋게 발가락을 꼼지락댔다. 풀밭에 누워 하늘을 지나는 구름을 올려다보았다. 울어 대는 말똥가리 한 마리를 몰아내는 까마귀 떼도 보았다. 그러다가 시내를 따라 걸어 집으로 갔다. 발로 진흙탕을 누르면 발가락 사이로 진흙이 새어 나왔다. 지금 생각하니 이상하지만 그때는 진흙이 좋았다. 진흙 냄새도, 촉감도, 밟으면서 장난치는 것도 좋았다. 이제는 아니지만.

그러다가 불쑥 장난질이 끝나 버렸다. 내 열두 살 생일 직후였다. 찰리 형과 몰리가 학교를 떠났고 난 혼자가 되었다.

난 '상급반'으로 올라가 머닝스 교장의 반이 되었다. 이제 머닝스 교장을 무서워하기보다는 미워했다. 매일 아침 지겨워하며 깼다. 찰리 형과 몰리는 '큰 집'에서 일자리를 구했다. 사실 마을 사람 대부분이 대령의 영지에서 일했다. 몰리는 응접실 담당 하녀가 되었고, 찰리 형은 사냥개 우리와 마구간에서 일했다. 말과 개를 돌보는 것은 형이 좋아하는 일이었다. 몰리는 전처럼 우리 집에 자주 오지 않았다. 찰리 형처럼 몰리도 일주일에 엿새 일했다. 그래서 나는 몰리를 거의 만나지 못했다.

예전에 아버지가 그랬듯 찰리 형은 저녁 늦게 집에 돌아왔고, 아버지가 옷을 걸던 곳에 상의를 걸었다. 또 늘 아버지가 부츠를 두던 현관 지붕 밑에 부츠를 두었다. 추운 겨울날 집에 들어온 형은 아버지가 그랬듯이 오븐 밑바닥에 발을 녹였다. 난 태어나서 처음으로 형이 부러웠다. 나도 발을 오븐 바닥에 넣고 싶었고, 일터에서 퇴근하고 싶었다. 찰리 형처럼 돈을 벌고 싶었고, 앵앵대지 않는 목소리를 갖고 싶었다. 무엇보다도 다시 몰리와 같이 있고 싶었다. 전처럼 삼총사가 되고 싶었다. 예전과 똑같이 되기를 바랐다. 하지만 변하지 않는 것은 없다. 그때 나는 그 사실을 배웠다. 지금도 안다.

밤에 둘이 나란히 누우면 찰리 형은 곧 잠들었다. 이제 우리는 이야기를 지어내지 않았다. 몰리는 일요일에만 만날 수 있었다. 몰리는 여전히 내게 친절했지만, 친구가 아니라 엄마처럼 지나치게 곰살맞고 잘 챙겨 주었다. 이제 그 둘이 다른 세상에 산다는 것을 알 수 있었다. 두 사람은 '큰 집'에서 일어난 일들과 소문에 대해 끝없이 이야기했다. 어슬렁대는 '늑대'에 대해 수다를 떨었다. 이즈음 그들은 '할멈'이라는 말도 빼고 '늑대'라고 부르기 시작했다. 내가 처음 대령과 늑대에 대한 소문을 들은 것도 이즈음이었다. 찰리 형은 두 사람이 오랫동안 그렇고 그런 관계라고, 다들 아는 일이라고 말했다. 예전에 죽은 대령의 부인이 늑대를 내쫓은 것도 그 때문이었다. 또 이제 '큰 집'에서 둘은 부부로 지내고, 바지를 입는 여자는 늑대밖에 없었다. 대령이 침울한 기색이라는 얘기도 나왔다. 가끔 대령은 서재에 처박혀 있다고 했다. 일이 제대로 안 될 때마다 성질을 부리는 요리사 이야기도 했다. 그것은 내가 낄 수 없는 세상, 내가 속하지 않은 세상이었다.

나는 그들이 내 학교생활에 관심을 갖게 하려고 온갖 노력을 했다. 전교생이 매칼리스터 선생님과 머닝스 교장의 불꽃 튀는 말다툼을 들었다고 말했다. 교장이 난로를 지피지 않으려 해서 싸움이 일어났고, 매칼리스터 선생님은 교장에게 '못된 인간'이라고 쏘아붙였다. 매칼리스터 선생님의 말이 옳았다. 머닝스 교장은 운동장의 웅덩이가 얼고, 아이들의 손가락이 얼어서 글씨를 못 써야 난로를 땔 사람이었다. 교장은 매칼리스터 선생님에게 고생도 인생살이의 일부이니 아이들 영혼에 도움이 된다면서, 자기가 불을 지펴야 할 때란 생각이 들면 불을 땔 거라고 소리쳤다. 찰리 형과 몰리는 내 얘기에 관심을 기울이는 척했지만 실제로는 아니었다. 그러던 어느 날, 나는 시냇가에서 고개를 돌리다가 찰리 형과 몰리가 손을 잡고 푸른 풀밭으로 가는 모습을 보았다. 전에도 자주 손을 잡았지만, 그때는 우리 셋이었다. 이건 다르다는 것을 금방 눈치챌 수 있었다. 멀어지는 그들을 바라보니 갑자기 가슴이 아팠다. 분노였는지 질투였는지 모르겠다. 어쩌면 상실감이었거나, 깊은 슬픔 때문이었는도 모른다.

때로 우리 셋이 다시 어울리는 순간들이 있었지만, 드문 일이었고 그런 일은 점점 줄어들었다. 노란 비행기를 본 날이 기억난다. 우리가 처음으로 비행기를 본 날이었다. 비행기에 대한 이야기도 듣고 사진도 봤지만, 그날 이전에는 진짜 그런 게 있다고, 실제로 날아다닌다고 믿지 않았던 것 같다. 백 번 듣는 것보다 한 번 보는 게 나았다. 몰리와 찰리 형, 나는 시냇가에서 고기를 잡는 중이었다. 작은 물고기를 잡았고, 운이 좋으면 갈색 송어가 걸렸다. 엄마에게 약속을 했기에 이제 연어 밀렵은 못 했다.

어느 여름 저녁, 우리가 막 집에 가려는 순간 멀리서 엔진 소리가 났다. 처음에는 반경 수 킬로미터에서 한 대밖에 없는 자동차인 대령의 롤스로이스인 줄 알았지만, 전혀 다른 종류의 엔진이라는 걸 셋 다 동시에 알아차렸다. 벌 떼 천 마리가 '웅웅' 소리를 내는 것처럼 가끔 소음이 멎었다. 더군다나 도로에서 나는 소리가 아니라 우리 위쪽 높은 곳에서 나는 소리였다. 오리 떼가 겁을 먹고 공중으로 솟구치는 바람에 강 상류에서 꽥꽥 소리와 물장구치는 소리가 났다. 우리는 더 잘 보려고 나무 밑에서 나와 달려갔다. 비행기였다! 노란 새처럼 머리 위를 나는 비행기를 우리는 마법에 걸린 듯이 지켜보았다. 그 넓은 날개가 이쪽저쪽으로 마구 흔들렸다. 조종석에서 우리를 내려다보는 고글을 쓴 조종사가 보였다. 우리가 미친 듯이 손을 흔들자 조종사도 손을 흔들어 주었다. 그때 비행기가 점점 더 낮게 내려왔다. 초지에 있던 소 떼가 흩어졌다. 비행기는 툭툭 튀면서 착륙하더니 쿵 소리를 내며 미끄러지다가, 우리와 50미터쯤 떨어진 곳에서 멈추었다.

조종사는 내리지 않고 우리에게 다가오라고 손짓했다. 우리는 주저 없이 달려갔다.

"시동을 끄지 않는 게 낫거든!"

엔진 소음 속에서 조종사가 소리쳤다. 그는 고글을 위로 올리면서 웃었다. 조종사가 다시 말했다.

"망할 놈의 비행기를 다시 출발시키지 못할지 몰라서. 있지, 실은 내가 길을 잃은 것 같아. 저기 언덕 위에 있는 교회가 '랩포드' 교회냐?"

"아뇨. 저건 '이데슬레이 세인트 제임스' 교회인데요."

찰리 형이 소리쳤다.

조종사는 지도를 내려다보았다.

"이데슬레이라고? 확실하니?"

"네."

우리가 큰 소리로 대답했다.

"이런! 그럼 정말 길을 잃었네. 착륙하길 잘했구나. 도와
줘서 고맙다. 가 봐야겠어."

그는 고글을 내려 쓰고, 우리에게 미소 지으면서 덧붙였다.

"사탕 좋아하니? 여기 있다."

그는 팔을 뻗어 찰리 형에게 사탕 봉지를 내밀었다. 조종
사가 다시 말했다.

"그럼 잘 가라. 저만치 물러서 있어. 자, 간다."

그 말과 함께 비행기는 통통 튀듯이 산울타리를 향했고 엔
진이 덜덜거렸다. 나는 비행기가 제때 날아오르지 못할 거라
고 생각했다. 비행기는 떠올랐지만 바퀴가 산울타리에 걸렸
고, 그러다가 위로 떠올라 날아갔다. 조종사는 하늘을 빙 돌
아서 우리에게 곧장 날아왔다. 달아날 시간이 없었다. 우리가
할 수 있는 일은 길게 자란 풀섶에 몸을 던져 엎드리는 것뿐
이었다. 비행기가 바로 위를 지날 때 갑자기 돌풍이 부는 것
같았다. 우리가 몸을 굴려서 올려다보니, 비행기가 나무들 위
로 떠올라 날아가고 있었다. 우리는 웃으면서 손을 흔드는 조
종사를 볼 수 있었다. 그는 이데슬레이 교회 탑 위로 올라가
더니 멀리 날아가 버렸다. 조종사는 가 버렸고 우리는 누워서
숨을 몰아쉬었다. 비행기가 떠난 후 고요해졌다.

나중에 우리는 한동안 길게 자란 풀밭에 누워서, 종달새가

날아오르는 것을 구경하며 사탕을 빨아 먹었다. 사탕을 나눌 때 찰리 형은 각자 다섯 개씩 나눠 주고 빅 조 몫도 다섯 개 챙겼다.

몰리가 말했다.

"꿈이 아닌가? 우리가 진짜 비행기를 본 거야?"

"사탕도 얻었잖아. 그러니까 틀림없이 진짜 있었던 일이지, 안 그래?"

찰리 형이 말했다.

"지금부터 난 사탕을 먹을 때마다, 종달새를 볼 때마다 노란 비행기를 생각할 거야. 그리고 우리 세 사람이랑, 지금 우리가 어땠는지도 떠올릴 거야."

몰리가 대답했다.

"나도."

내가 맞장구쳤다.

"나도."

찰리 형도 말했다.

마을 사람 대부분이 비행기를 봤지만, 비행기가 착륙한 것을 본 사람은 우리 셋뿐이었다. 조종사와 대화를 한 것도 우리 셋뿐이었다. 나는 어깨가 으쓱해졌다. 결국 자랑이 지나친 것으로 밝혀졌지만. 나는 계속 그 이야기를 했다. 몇 가지로 각색해서 학교에서 하고 또 했고, 내 말이 사실임을 증명하려고 모두에게 사탕을 보여 주었다. 하지만 누군가 고자질했는지 머닝스 교장이 교실에서 내게 곧장 오더니, 아무 이유도 없이 주머니에 든 것을 꺼내라고 말했다. 주머니에 든 소중한 사탕 세 개를 교장이 몽땅 빼앗아 갔다. 교장은 내 귀를 붙잡아 교실 앞으로 끌고 가더니, 자로 내 손등을 여섯 대 때렸다. 날카로운 자 끝으로 손등을 때리는 것은 아주 특별한 매질 방법이었다. 교장이 매질을 할 때 나는 그의 눈을 똑바로 노려보았다. 그런다고 아픔이 줄어든 것도 아니고, 교장에게 나쁜 짓을 하고 있다는 느낌도 주지 못했을 것이다. 하지만 교장에게 내 나름대로 반항을 했기에, 내 책상으로 돌아갈 때는 기분이 한결 나았다.

밤에 침대에 누웠는데 손등이 아직도 쑤시자, 찰리 형에게 학교에서 겪은 일을 말하고 싶어졌다. 하지만 이제 찰리 형도 학교에서 일어난 일에 심드렁하다는 것을 알았기에 난 잠자코 있었다. 그러나 거기 누워서 손등과 빼앗긴 사탕에 대해 생각할수록, 형에게 하소연하고 싶은 마음이 더 커졌다. 숨소리로 봐서 찰리 형이 아직 자지 않는다는 것을 알 수 있었다. 순간적으로 지금이 아버지에 대해 털어놓을 때라는 생각이 머리를 스쳤다. 몇 년 전 숲에서 나 때문에 아버지가 숨졌다고……. 적어도 그 이야기는 형의 관심을 끌 터였다. 나는 말을 꺼내려 했지만 여전히 형에게 말할 용기를 낼 수가 없었다. 결국 내가 한 말은 머닝스 선생에게 사탕을 빼앗겼다는 것뿐이었다.

"그 사람이 미워. 목에 사탕이나 걸려 버려라."

내가 중얼댔다.

"토모, 나한테 난처한 일이 생겼어."

찰리 형이 속삭였다.

"무슨 일인데?"

내가 물었다.

"진짜 난처하게 됐지만 그럴 수밖에 없었어. 너, 버사를 기억하지? '큰 집'에 있는 하얀 여우 사냥개 말이야. 우리가 좋아했던?"

"알지."

내가 대답했다.

"오늘 오후에 대령이 개 우리를 지나다가 버사를 총으로 쏴 죽여야겠다고 말하더라고. 내가 이유를 물었지. 버사가 늙어서 점점 굼떠지고 있다고 하더라. 사냥을 갈 때마다 버사가 항상 혼자 떨어져서 길을 잃는다면서. 더 이상은 사냥에 도움이 안 된다고 했어. 아무한테도 도움이 안 된다고. 내가 대령에게 그러지 말라고 부탁했어, 토모. 버사는 내가 가장 아끼는 개라고 말했지. 대령은 '아낀다고!' 라고 말하더니 날 비웃었어. '아끼는 개? 어떻게 네가 아끼는 것을 가질 수 있지? 감상적인 허풍하고는. 이 개는 멍청한 동물에 불과하다. 그걸 잊지 마라!' 내가 간청했어, 토모. 그러면 안 된다고 말했지. 그러자 대령이 엄청나게 화를 냈어. 자기 사냥개들이니 자기가 원하면 언제든 쏴 죽일 거라고 하더라고. 그 일에 대해 나한테 한 마디도 더 듣고 싶지 않다고 했어. 그래서 내가 어떻게 했는지 아니, 토모? 내가 버사를 훔쳤어. 어두워진 후에 버사를 데리고 도망쳤지. 아무도 우리를 찾지 못할 숲으로."

"지금 개는 어디 있는데? 버사를 어떻게 한 거야?"

내가 물었다.

"낡은 나무꾼 헛간을 기억하지? '포드 클리브' 숲에 있는 아버지가 쓰던 헛간 말이야. 밤 동안 버사를 거기 넣어 뒀어. 먹을 것도 줬어. 몰리가 부엌에서 고기를 조금 갖다 줬거든. 거기 있으면 버사는 무사할 거야. 어쨌거나 운이 따른다면 아무도 버사가 짖는 소리를 듣지 못할 거야."

"하지만 내일은 버사를 어쩔 셈이야? 대령한테 들키면 어떡해?"

"나도 몰라, 토모. 모르겠어."

찰리 형이 대답했다.

그날 밤 우리는 한숨도 못 잤다. 나는 누워서 내내 개 짖는 소리에만 귀를 기울였다. 깜빡 졸더라도 버사가 짖는 소리가 났다고 생각하며 갑자기 깼다. 하지만 그때마다 늑대 우는 소리로 밝혀졌다. 한 번은 우리 창밖에서 부엉이가 우는 소리였다.

12시 24분

여기서 지낸 동안은 늑대를 본 적이 없다. 하긴 놀랄 일도 아니다. 하지만 부엉이 소리는 들어 봤다. 이 와중에 어떻게 새가 살아 있는지 모르겠다. 황무지 위로 날아가는 종달새 떼를 본 적이 있다. 난 늘 거기서 희망을 얻었다.

* * *

새벽에 침대에서 찰리 형이 내게 속삭였다.

"대령이 알아차릴 거야. 버사가 없어진 걸 알면 대령은 내 짓이라는 것을 금방 알 거야. 난 버사가 있는 곳을 말하지 않을 거야. 그가 무슨 짓을 하든지 상관없어, 말하지 않을 거야."

찰리 형과 나는 묵묵히 아침 식사를 했다. 피할 수 없는 폭풍우가 들이닥치지 않기를 바랐지만 조만간 일이 터지리라는 것을 잘 알았다. 빅 조도 뭔가 이상하다는 것을 알아차렸다. 큰형은 늘 공기 중에 감도는 긴장감을 느낄 줄 알았다. 빅 조가 몸을 앞뒤로 흔들면서 식사에 손도 대지 않았다. 그러자 엄마도 무슨 일이 있다는 것을 눈치챘다. 엄마는 일단 의심하면 다른 사람이 되기 때문에, 우린 무엇도 숨기지 못했다. 또 감출 줄도 몰랐다. 그날 아침에는 그랬다.

"몰리가 올 거니?"

엄마가 캐묻기 시작했다.

누군가 시끄럽게 계속 문을 두드려 댔다. 엄마는 몰리가 아니라는 것을 당장 알아차렸다. 몰리가 오기에는 너무 이른 시간이었고, 어쨌든 몰리는 문을 그렇게 두드리지 않았다. 게다가 엄마는 이미 우리 표정으로 반갑지 않은 방문객을 기다리는 것을 간파했던 것 같다. 우리가 겁낸 대로 대령이었다.

엄마가 대령을 안으로 맞이했다. 그는 거기 서서 우리를 노려보았다. 입술을 꾹 다물고 화가 나서 얼굴이 새파랬다.

대령이 말했다.

"내가 찾아온 이유를 알겠지요, 피스풀 부인."

"아니요, 대령님. 모르겠는데요."

엄마가 대답했다.

"그러니까 악마 새끼가 말을 안 했구만요."

이제 그는 지팡이를 찰리 형에게 흔들면서 고함을 질렀다. 빅 조가 칭얼대기 시작했다. 대령이 윽박지르니 빅 조가 엄마의 팔에 매달렸다.

"당신 아들 녀석은 비열한 도둑놈이오. 우선 내 강에서 연어를 훔쳤소. 그리고 이제는 내 밑에서 일하면서 내 사냥개 한 마리를 훔쳤소. 부정하지 마라. 네 짓이라는 걸 알아. 개는 어디 있니? 여기 있니? 여기 있어?"

엄마가 찰리 형을 바라보며 설명을 기다렸다.

"대령님이 개를 쏴 죽이려 했어요, 엄마. 저는 그럴 수밖에 없었어요."

찰리 형이 얼른 말했다.

"이제 알겠지요! 스스로 인정하는군! 제 입으로 인정해!"

빅 조가 흐느끼기 시작하자, 엄마가 머리를 쓰다듬으며 위로하고 달랬다.

엄마가 찰리 형에게 말했다.

"그러니까 네가 개를 구하려고 몰래 데려갔다는 거냐, 찰리?"

"네, 엄마."

"그런 짓을 하면 안 되는 거잖니, 찰리?"

"네, 엄마."

"개를 어디 숨겼는지 대령님께 말씀드릴래?"

"아뇨, 엄마."

엄마는 잠시 생각에 잠겼다.

"그럴 줄 알았다."

엄마가 중얼대더니 대령의 얼굴을 똑바로 쳐다보며 말했다.

"대령님, 이 개를 쏴 죽일 생각이셨다면, 개가 더 이상 필요가 없기 때문이겠군요. 사냥개로서 말입니다. 제 생각이 맞나요?"

"그렇소. 하지만 내가 내 동물들을 어떻게 할지, 왜 그럴지는 부인이 참견할 일이 아니오, 피스풀 부인. 내가 당신한테 설명할 필요도 없고."

엄마는 상냥하다 싶을 만큼 부드럽게 말했다.

"물론 그렇지요, 대령님. 하지만 개를 쏴 죽일 생각이었다면, 제가 개를 데려와서 키워도 괜찮으시겠지요?"

"그 빌어먹을 개는 마음대로 해도 좋소. 개를 잡아먹는데도 상관없소. 하지만 당신 아들이 내게서 도둑질을 했으니, 아무 일 없이 넘어갈 수는 없소."

엄마는 빅 조에게 벽난로 선반에서 머그잔을 가져오라고 시켰다. 그러고는 컵에서 동전을 꺼내 침착하게 대령에게 내밀었다.

"받으세요, 대령님. 6펜스입니다. 제가 6펜스에 개를 사겠습니다. 쓸모없는 개치고는 괜찮은 가격입니다. 이제는 개를 훔친 게 아니지요?"

대령은 어안이 벙벙했다. 그는 손에 쥔 동전을 보다가 엄마와 찰리 형을 번갈아 쳐다봤다. 대령이 크게 숨을 쉬었다. 다시 태연해진 그는 6펜스를 조끼 주머니에 넣고, 지팡이로 찰리 형을 가리켰다.

"알겠소. 하지만 이제 너는 내 집에서 일할 수 없다."

그 말과 함께 대령은 몸을 홱 돌려 나갔다. 문이 쾅 닫혔다. 우리는 오솔길을 걷는 그의 발소리를 들었다. 대문이 삐걱대는 소리가 났다.

찰리 형과 나는 흥분했다. 마음이 놓이고 감사와 감탄스러움에 마음이 벅찼다. 우리 어머니는 얼마나 훌륭한 분인지! 우리는 환호했다. 빅 조는 다시 행복해져서 부엌을 깡충깡충 뛰어다니며 〈오렌지와 레몬〉을 불러 댔다.

다들 차분해지자 엄마가 말했다.

"뭐가 그리 즐거운지 모르겠구나. 일자리를 잃었다는 것을 알잖니, 찰리?"

찰리 형이 대답했다.

"상관없어요. 대령은 그 자리에 다른 사람을 채울 거예요. 저는 다른 일자리를 찾아볼게요. 그 멍청이 노인네한테 한 방 제대로 먹이셨어요. 우리에게는 버사가 생겼고요."

"아무튼 그 개는 어디 있니?"

엄마가 물었다.

"보여 드릴게요."

찰리 형이 말했다.

우리는 몰리가 오기를 기다렸다가 다 같이 '포드 클리브' 숲으로 올라갔다. 헛간이 가까워지자 버사가 우는 소리가 들렸다. 찰리 형이 앞서서 달려가 헛간 문을 열었다. 버사가 뛰어나와 우리에게 펄쩍펄쩍 뛰어올랐다. 개는 기뻐서 캑캑 소리를 내면서 꼬리를 흔들어 댔다. 버사가 우리 모두에게 뛰어오르며 아무 데나 핥았다. 하지만 곧 유난히 빅 조에게 달라붙었다. 그 후 버사는 빅 조가 가는 데면 어디든 졸졸 따라다녔다. 심지어 밤이면 한 침대에서 잤다. 엄마가 아무리 말려도 빅 조는 개와 자겠다고 고집을 부렸다. 버사는 사과나무 밑에 앉아서 울었고, 빅 조는 나뭇가지에 앉아서 개에게 노래를 불러 주었다. 큰형이 노래를 시작하기만 하면 개가 같이 노래했고, 그때부터 빅 조 혼자서 〈오렌지와 레몬〉을 부르는 일은 없었다. 빅 조 혼자서는 아무것도 하지 않았다. 버사와 빅 조는 늘 함께였다. 큰형은 개에게 먹이를 주고 빗질을 해 주고 연못에 가까운 웅덩이에서 자주 씻겼다. 빅 조는 새 친구를 찾았고, 무척 행복해했다.

찰리 형은 몇 주 동안 교구 내의 농장들을 돌면서 일자리를 찾아다니다가 결국 일자리를 얻었다. 마을 맞은편에 있는 농부 콕스 씨의 목장에서 소와 양을 치는 일이었다. 형은 동트기 전에 자전거를 타고 소젖을 짜러 갔고 밤늦게 돌아왔기에, 예전보다 만나는 시간이 줄었다. 찰리 형은 목장에서 훨씬 행복했을 것이다. 양이 좀 멍청하다고 말하긴 했지만 형은 젖소와 양을 좋아했다. 대령이나 늑대 할멈이 종일 가까이 얼쩡대지 않는 것이 가장 좋은 점이라고 말했다.

하지만 찰리 형은 나와 마찬가지로 행복과는 아주 거리가 멀었다. 갑자기 몰리가 더 이상 찾아오지 않았기 때문이었다. 엄마는 한 가지 이유밖에 없을 거라고 믿었다. 누군가, 대령이나 늑대 할멈, 아니면 두 사람 모두가 찰리 피스풀은 도둑놈이니 피스풀 집안은 몰리가 놀러 다닐 만한 사람들이 못 된다고 말했음이 분명했다. 엄마는 찰리 형이 한동안 상황이 잠잠해지도록 놔두면 몰리가 다시 찾아올 거라고 말했다. 하지만 형은 엄마 말을 듣지 않았다. 몇 번이나 몰리네 오두막에 올라갔다. 그 집에서는 문도 열어 주지 않았다. 결국 찰리 형은 내가 몰리를 만나기가 더 쉬울 거라며, 내게 편지 심부름을 시켰다. 어떻게든 편지를 몰리에게 전해야 된다고 말했다. 꼭 그래야 된다고.

몰리의 어머니는 문을 열더니, 나를 보고 얼굴을 잔뜩 찌푸렸다.

"가거라. 저리 가. 못 알아듣겠니? 우리는 너희 같은 사람들이 여기 오는 게 싫다. 너희가 우리 몰리를 성가시게 하는 게 싫어. 몰리는 너희를 만나고 싶어 하지 않아."

몰리의 어머니는 그 말과 함께 문을 쾅 닫았다. 나는 주머니에 찰리 형의 편지를 담은 채 걸어 나오면서, 무심코 뒤를 힐끗 돌아보았다. 몰리가 자기 방 창에서 미친 듯이 손을 흔들고 있었다. 몰리는 소리 내지 않고 입 모양으로 뭐라고 말했다. 나는 처음에는 무슨 말인지 알아듣지 못했다. 몰리는 내게 몸짓을 하면서 시내 쪽에 있는 언덕을 손짓했다. 그제야 어떻게 하라는 건지 정확히 알아들었다.

나는 시내로 달려가서, 우리가 함께 낚시를 하던 나무 밑에서 기다렸다. 오래 지나지 않아 몰리가 나타났다. 몰리는 말없이 내 손을 잡더니 강둑 아래로 이끌었다. 아무도 우리를 보지 못할 만한 자리였다. 몰리는 울면서 모든 사정을 말했다. 대령이 집에 찾아와서 하는 얘기를 엿들었는데, 그가 아버지에게 찰리 피스풀은 도둑이라고 말했다고 한다. 대령은 몰리와 찰리가 해로울 만큼 자주 만난다고 들었다면서, 지각이 있는 사람이라면 만나지 못하게 막을 거라고 말했다.

"그래서 아버지가 더 이상 찰리를 못 만나게 하셔. 너희 가족 모두 못 만나게 해."

몰리는 그렇게 말하면서 눈물을 훔쳤다. 그녀가 말을 이었다.

"너희를 만날 수 없어서 너무 힘들어, 토모. 찰리 없는 '큰집'에서 일하기 싫고, 우리 집에서 지내는 것도 싫어. 내가 찰리를 만나면 아버지가 매질을 할 거야. 그리고 찰리가 내 곁에 얼쩡대면 총을 쏘겠다고 했어. 아버지는 정말 그럴 거야."

"왜? 왜 그러는 거야?"

내가 물었다.

"지금까지 우리 아버지는 늘 그런 식이었어. 아버지는 내가 사악하대. 악을 품고 태어났다고 해. 엄마는 아버지가 나를 나 자신에게서 구해서 지옥에 가지 않게 하려는 거라고 말해. 아버지는 만날 지옥 이야기를 해. 설마 내가 지옥에 가지는 않겠지, 토모?"

나는 아무 생각 없이 다음 행동을 했다. 몸을 굽혀 몰리의 뺨에 입 맞추었다. 몰리는 양팔로 내 목을 끌어안고, 가슴이 무너질 듯 흐느꼈다.

"정말로 찰리를 만나고 싶어. 너무 보고 싶어."

몰리가 울면서 말했다. 그녀에게 전할 편지가 기억난 것은 그때였다. 몰리는 그 자리에서 봉투를 찢고 편지를 읽었다. 금세 읽은 걸 보면 긴 편지였을 리는 없다.

"찰리에게 알았다고 전해 줘. 알았다고, 그러겠다고."

몰리가 말했다. 갑자기 그녀의 눈이 반짝거렸다.

"그냥 알았다고만 하면 돼?"

내가 물었다. 호기심이 생기고 궁금했다. 동시에 샘이 나기도 했다.

"그래. 내일 같은 시간, 같은 장소에서 만나. 내가 답장을 써 줄 테니까 네가 찰리에게 전해 주면 돼. 알겠지?"

몰리는 일어나서 나를 일으켜 세웠다. 그녀가 덧붙여 말했다.

"사랑해, 토모. 너희 둘 다 사랑해. 그리고 빅 조랑 버사
도."

몰리는 얼른 내게 입 맞추고 가 버렸다.

그 편지를 시작으로, 찰리 형이 몰리에게, 몰리가 찰리 형
에게 쓴 편지 수십 통을 전달했다. 몇 주가 지나고 몇 달이 지
났다. 나는 졸업반 내내 둘 사이의 편지 배달부 노릇을 했다.
별로 싫지 않았다. 그만큼 몰리를 자주 만날 수 있다는 뜻이
었고, 내게 진짜 중요한 것은 바로 그거였으니까. 찰리 형은
이 일을 철저히 비밀에 부쳐야 한다고 주장했다. 형는 내게
아무에게도, 엄마에게도 말하지 않겠다고 성경에 대고 맹세
하게 했다. 또 내 가슴에 십자가를 긋고, 발설하면 죽겠다고
맹세를 시켰다.

몰리와 나는 거의 매일 저녁 시냇가 같은 장소에서 만나
편지를 교환했다. 둘 다 쫓아오는 사람이 없는지 확인한 후에
야 그곳으로 갔다. 우리는 거기 앉아서 몇 분간 대화를 나누
었다. 나무들 사이로 자주 빗방울이 떨어졌고, 한번은 바람이
어찌나 세게 불던지 우리 위로 나무가 쓰러질까 걱정했던 기
억이 난다. 우리는 목숨을 잃을까 두려워서 초원을 내달려 건
초 더미 밑으로 들어갔다. 거기 앉아서 겁먹은 토끼처럼 덜덜
떨었다.

처음 전쟁 소식을 들은 것도 이런 건초 더미 밑에 숨어 있

을 때였다. 몰리는 항상은 아니어도 찰리 형의 이야기를 자주 꺼냈고, 언제나 형의 소식을 물었다. 나는 꺼리는 기색은 보이지 않았지만 마음이 안 좋았다. 그래서 그녀가 요즘 '큰 집'에서 주로 독일과의 전쟁 이야기가 오간다며 다른 이야기를 꺼내자, 난 기분이 좋았다. 이제 다들 곧 전쟁이 터질 거라고 믿는다고 했다. 몰리는 신문에서 직접 기사를 읽었다며 틀림없이 사실일 거라고 말했다.

매일 아침 대령의 〈타임스〉 지를 다림질해서 서재로 갖다주는 게 몰리의 일이었다. 대령은 신문이 바삭하고 마른 상태여야 된다고 했다. 그래야 신문을 보는 동안 잉크가 손에 묻지 않는다나. 몰리는 기사 내용이 잘 이해되지는 않는다고 했다. 다만, 어떤 대공이(그게 뭔지 몰라도) 사라예보라는 곳에서(그게 어디인지 몰라도) 총을 맞았는데 독일과 프랑스가 그 일 때문에 서로에게 무척 화가 났다고 했다. 그들은 싸우려고 군대를 모으고 있고, 두 나라가 전쟁을 벌인다면 곧 우리도 합류할 터였다. 영국은 프랑스와 연합해서 독일과 싸워야 될 거라고. 몰리는 그 이유까지는 몰랐다. 나도 모르기는 마찬가지였다. 몰리는 전쟁 때문에 대령의 기분이 바닥이라면서, '큰 집'에서는 모두 전쟁보다 대령의 불편한 심기를 더 무서워한다고 말했다.

하지만 요즘 대령은 늑대 할멈에게는 양처럼 순하게 굴었다. 이제 우리뿐 아니라 다들 그녀를 '늑대 할멈'이라고 불렀다. 누군가 늑대 할멈의 차에 설탕 대신 소금을 넣은 듯한데, 할멈은 고의로 그런 거라고 으르렁댔다. 몰리는 고의가 맞을 거라고 말했다. 그 후로 할멈은 주절대면서 분통을 터뜨리고, 모두에게 누구 짓인지 알아내고 말겠다고 말했다. 그동안에 할멈은 모든 사람을 죄인 취급했다.

내가 몰리에게 물었다.

"네가 그런 거야?"

그녀는 미소 지으면서 대답했다.

"그럴 수도, 아닐 수도 있지."

그 순간 그녀에게 다시 입 맞추고 싶었지만 감히 그러지 못했다. 나는 늘 그게 문제였다. 용기가 없다.

엄마는 내가 학교를 졸업하기 전에 모든 준비를 했다. 나는 콕스 씨의 농장에서 찰리 형과 일하기로 되어 있었다. 콕스 씨는 나이가 들어 가는데 아들이 없어서, 농장 일을 거들 일손이 더 필요했다. 찰리 형은 그가 술을 좀 좋아한다고 말했다. 사실이었다. 콕스 씨는 매일 저녁 술집에서 살았다. 그는 맥주를 좋아하고 체스를 좋아했다. 또 노래하는 것도 즐겼다. 콕스 씨는 모르는 옛 노래가 없었다. 죄다 알면서도 맥주 두어 잔이 들어가야 노래를 불렀다. 농장에서 노래하는 일은 없었다. 그는 농장에서는 늘 시무룩했지만, 공정했다. 항상 공정했다.

나는 처음에는 주로 말들을 보살폈다. 내게는 그보다 좋을 수가 없었다. 다시 찰리 형과 함께 지내면서 농장에서 나란히 일했다. 나는 쭉쭉 커서 이제 형과 키가 비슷했지만 여전히 몸놀림이 느리고 힘도 약했다. 형은 가끔 상사처럼 굴었지만 난 별로 마음 상하지 않았다. 결국 그게 형의 일이었으니까. 우리 둘의 관계가 변하고 있었다. 이제 찰리 형은 나를 아이 취급하지 않았다. 난 그게 무척 좋았다.

　신문에는 막 시작된 전쟁에 관한 기사가 넘쳐났다. 하지만 군대가 마을에 와서 기마대 말로 쓸 말들을 농장에서 사들인 것 외에 우리는 전쟁과 무관했다. 아직까지는. 난 아직도 찰리 형과 몰리의 편지 배달부 노릇을 했다. 그래서 예전만큼은 아니지만 여전히 몰리를 자주 보았다. 무슨 이유에선지 둘 사이에 편지를 주고받는 횟수가 줄었다. 하지만 이제 찰리 형과 일주일에 엿새를 같이 일하는 내게는 적어도 편지를 통해 우리 셋이 연결되었다. 그런데 어느 날 그 연결이 무자비하게 끊어져 내 가슴은 무너졌고 우리 모두의 가슴도 무너져 내렸다.

　찰리 형과 내가 콕스 씨와 함께 건초를 만들던 기억이 난다. 종일 산들바람이 불었고, 풀을 깎은 주변의 풀밭에서 제비들이 오락가락했다. 그림자가 길어지면서 어둠이 내렸다. 우리는 평소보다 늦게 집에 돌아왔다. 먼지투성이가 되어 지치고 배가 고팠다. 집에 들어가니 엄마가 의자에 꼿꼿하게 앉아서 바느질을 했고, 맞은편에는 놀랍게도 몰리와 몰리의 어머니가 앉아 있었다. 방에 있는 사람들 모두 몰리 어머니처럼 우울한 표정을 지었다. 몰리와 빅 조까지도 그랬다. 나는 몰리가 울어서 눈이 빨개졌다는 것을 눈치챘다. 버사는 바깥 나무 창고에서 불길하게 울어 댔다.

"찰리, 몰리의 어머니께서 널 기다리셨다. 네게 하고 싶은 말이 있다고 하시는구나."

엄마가 바느질감을 치우고 말했다.

"네가 쓴 것들이지."

몰리의 어머니는 돌처럼 굳은 목소리로 말하면서 찰리 형에게 파란 리본으로 묶은 편지 뭉치를 건넸다. 몰리 어머니가 계속 말했다.

"내가 이걸 발견했다. 하나하나 다 읽어 봤지. 몰리의 아버지도 마찬가지고. 우리는 모든 걸 다 알아. 그러니 부정할 것 없다, 찰리 피스풀. 여기 이 편지들 속에 증거가 있으니까. 몰리는 이미 벌을 받았다. 아버지가 단단히 혼을 내셨지. 내 평생 이렇게 사악한 글은 읽어 본 적이 없다. 생전 처음이야. 하나같이 사랑의 말이더구나. 구역질 나게도. 너희는 그동안 몰래 쭉 만나 왔지, 안 그러냐?"

찰리 형은 몰리를 바라보았다. 둘 사이의 눈빛이 모든 것을 말해 주었다. 나는 배신당했다는 것을 깨달았다.

"네."

찰리 형이 대답했다.

난 형의 대답을 믿을 수가 없었다. 두 사람은 내게 한마디도 하지 않았다. 비밀리에 만나 왔으면서 둘 다 내게는 잠자코 있었다니.

"저것 봐요. 내가 뭐라던가요, 피스풀 부인?"

몰리의 어머니는 화가 나서 떨리는 목소리로 말했다.

"유감이네요. 하지만 왜 두 사람이 만나서는 안 되는지 말을 해 주셔야겠는데요. 이제 찰리는 열일곱 살, 몰리는 열여섯 살입니다. 다 컸다고 할 수 있지요. 우리 둘 다 그 나이 때 여기저기서 만남을 갖지 않았던가요."

우리 엄마가 대답했다.

"그거야 부인 생각이고요. 나와 몰리의 아버지는 둘 다에게 분명하게 밝혔습니다. 우리는 두 사람에게 서로 어떤 관계도 맺지 말라고 했어요. 이건 사악한 짓이에요, 피스풀 부인. 완전히 사악한 짓거리라고요. 대령님은 당신 아들의 사악한 도둑질에 대해 우리에게 경고해 주셨습니다."

몰리의 어머니는 으스대며 비꼬는 말투로 대꾸했다.

"그런가요? 부인은 언제나 대령이 시키는 대로 하나요? 늘 대령이 생각하는 대로 생각하나요? 그가 지구가 평평하다고 말하면 그렇게 믿을 건가요? 아니면 대령이 당신들을 협박하던가요? 대령은 협박에 이골이 난 사람이지요."

엄마가 말했다.

몰리의 어머니는 잔뜩 화가 나서 일어났다.

"입씨름이나 벌이려고 여기 온 게 아니에요. 댁의 아들의 죄를 알리고, 우리 몰리를 사악함과 죄의 길로 끌어들이지 말라고 말하러 온 겁니다. 찰리는 다시는 몰리를 만나면 안 됩니다, 알겠어요? 분명히 말하건대, 다시 그랬다간 대령님에게 알릴 겁니다. 난 더 이상 할 말이 없네요. 가자, 몰리."

몰리의 어머니는 몰리의 손을 꽉 잡고 획 나갔다. 우리 가족은 서로 쳐다보며, 여전히 짖고 있는 버사의 울음소리를 들었다.

한참 후에 엄마가 말했다.

"자, 너희 저녁을 줘야겠구나. 그렇지?"

그날 밤 나는 찰리 형 곁에 누워 아무 말도 하지 않았다. 형에게 너무 화가 나고 분해서 다시는 말을 걸고 싶지 않았다. 그건 몰리하고도 마찬가지였다. 그때 찰리 형이 침묵을 깨며 말했다.

"맞아, 토모 너한테 미리 말했어야 했어. 몰리는 내가 너한테 말해야 된다고 했어. 하지만 난 그러고 싶지 않았어. 그럴 수가 없었어, 그게 다야."

"어째서?"

내가 물었다. 한참 동안 찰리 형은 대답하지 않았다.

"왜냐하면 난 알았으니까. 몰리 역시 알았고. 몰리가 직접 너한테 말하지 않은 것도 바로 그 때문이야."

찰리 형이 말했다.

"알다니, 뭘?"

"편지만 오갈 때는 그게 그리 중요하지 않은 것 같았어. 하지만 나중에 우리 둘이 만나기 시작한 후로…… 솔직히 우리는 너한테 숨기고 싶지 않았어, 토모. 그렇다고 네 마음을 상하게 하고 싶지도 않았고. 너 몰리를 사랑하잖아, 그렇지?"

나는 대답하지 않았다. 그럴 필요가 없었다. 찰리 형이 말을 이었다.

"나도 마찬가지야, 토모. 그러니까 왜 내가 계속 몰리를 만나는지 넌 이해할 거야. 그 늙은 여편네가 무슨 말을 하든 난 방법을 찾아낼 거야."

형이 내게 몸을 돌리며 물었다.

"우린 여전히 친한 거지?"

"친하지."

난 중얼거렸지만 사실 진심은 아니었다.

그 후로 찰리 형과 나는 몰리에 대해 이야기하지 않았다. 난 묻지 않았다. 알고 싶지 않았으니까. 그 생각을 하기조차 싫었지만 생각했다. 다른 생각은 나지도 않았다.

누구도 이유를 알 수 없지만, 이 일이 있은 직후에 버사가 가끔 없어지기 시작했다. 이제껏 버사는 돌아다닌 적이 없었다. 항상 빅 조와 딱 붙어 지냈다. 빅 조가 어디를 가든 버사가 함께 있었다. 개가 없어질 때마다 빅 조는 미칠 듯이 걱정했다. 물론 결국 버사는 집에 돌아왔다. 자기가 오고 싶을 때 돌아오거나, 엄마와 빅 조가 진흙범벅으로 홀딱 젖어서 헤매는 버사를 찾아서 집으로 데려오곤 했다. 하지만 버사가 양이나 까마귀를 쫓아다니기 시작하자 큰 걱정이었다. 농부나 땅주인이 총으로 쏠 수도 있었다. 그들은 개가 땅에 들어와서 가축을 괴롭힐 수 있다며 총질을 했다. 다행히 버사는 양 떼를 쫓아가지는 않은 듯했다. 아무튼 이제껏 그렇게 오래 없어진 적도, 너무 멀리서 헤맨 적도 없었다.

우리는 버사가 돌아다니는 것을 막으려고 최선을 다했다. 엄마는 버사를 나무 창고에 가두려 했지만, 빅 조는 개가 우는 것을 못 참고 풀어 주곤 했다. 엄마는 개를 묶어 두려 했지만, 버사는 밧줄을 씹고 끊임없이 울어 댔다. 결국 빅 조가 동정심 때문에 가서 개를 풀어 주었다.

그러던 어느 오후, 버사가 다시 없어졌다. 이번에는 돌아오지 않았다. 우리도 버사를 못 찾았다. 찰리 형은 집에 없었다. 엄마와 빅 조는 개를 찾아서 강 쪽으로 갔고, 나는 숲으로 들어가 휘파람을 불며 버사를 불렀다. '포드 클리브' 숲에는 사슴과 오소리, 여우가 있었고, 거긴 버사가 갈 만한 곳이었다. 나는 한 시간쯤 숲을 뒤졌지만 버사의 흔적을 찾지 못했다. 어쨌든 지금쯤은 버사가 집에 왔을 거라고 생각하고 포기하고 돌아가려 할 때, 계곡 저편에서 총성이 들렸다. 숲 속 높은 곳 어딘가에서 소리가 났다. 낮게 드리워진 가지를 피하고 오소리 굴을 건너뛰면서 달려갔다. 겁이 났지만, 뭘 발견할지 이미 알고 있었다.

　오르막길에 올랐을 때 눈앞에 아버지가 쓰던 헛간 굴뚝이 보였다. 빈터 옆쪽에 헛간이 있었다. 헛간 밖에 버사가 혀를 빼물고 누워 있었다. 옆의 풀밭에 피가 흥건했다. 대령이 손에 총을 든 채 서서 버사를 내려다보고 있었다. 헛간 문이 열렸고, 찰리 형과 몰리가 서 있었다. 그들은 충격과 공포로 얼어붙어 있었다. 몰리가 버사가 쓰러진 곳으로 뛰어가서 무릎을 꿇었다.

　"왜요? 왜냐고요!"

　몰리가 대령을 올려다보며 울부짖었다.

1시 5분 전

저기 은색 달이 떴다. 초승달이다. 집에서 가족들도 저 달을 보고 있을지 궁금하다. 버사가 달을 보며 울던 기억이 난다. 주머니에 동전이 있다면 동전을 던져 행운을 빌 텐데. 어릴 때 나는 그런 옛날이야기들을 진짜로 믿었다. 여전히 믿을 수 있다면 좋으련만.

하지만 그렇게 생각해서는 안 된다. 달을 보며 소원을 빌어 봤자 소용없다. 불가능한 일을 비는 것은 소용없는 짓이다. 소원을 빌지 마, 토모. 기억해. 추억은 진짜 있는 거니까.

* * *

그날 우리는 버사를 묻었다. 빅 조가 늘 동물들을 묻는 과수원 아래쪽에 묻었다. 우리가 쥐를 묻은 것도 거기였다. 하지만 이번에 우리는 기도하지 않았다. 꽃도 놓지 않았다. 찬송가도 안 불렀다. 왠지 아무도 그러고 싶지 않았다. 아마 너무 화가 나서 슬퍼하지도 못해서겠지. 나중에 나무들 사이를 지나 돌아올 때 빅 조는 손짓으로 위를 가리키며 엄마에게 물었다. 이제 버사가 하늘에 아버지랑 같이 있느냐고. 엄마는 그렇다고 대답했다.

"엄마, 우리가 죽으면 모두 저기 하늘로 올라가?"

빅 조가 물었다.

"대령은 아니야. 그는 땅 아래로 내려갈 거야. 자기한테 어울리는 데로 가서 불에 타겠지."

찰리 형이 중얼댔다. 엄마가 못마땅하게 찰리 형을 노려보았다.

엄마는 빅 조의 어깨를 감싸 안으며 말했다.

"맞아, 조. 버사는 저 위 하늘에 있단다. 이제 버사는 행복해."

그날 저녁, 빅 조가 없어졌다. 처음에는 가족 모두 그리 걱정하지 않았다. 아직 환한 낮 동안은 그랬다. 빅 조는 자주 혼자 돌아다녔지만 밤에는 그런 적이 없었다. 어둠을 두려워했기 때문이었다. 처음에 우리는 과수원 옆 버사의 무덤에 가면 있을 거라고 생각했지만 빅 조는 거기 없었다. 우리가 불렀지만 빅 조는 나오지 않았다. 어둠이 내리고 빅 조가 여전히 집에 돌아오지 않자, 뭔가 잘못됐다는 것을 알았다. 엄마는 찰리 형과 나를 각각 다른 방향으로 보냈다. 나는 길을 내려가면서 빅 조를 불렀다. 시냇가까지 내려가서 거기 서서 빅 조의 인기척에 귀를 기울였다. 그가 쿵쾅대며 걷고 노래를 부르는지 잘 들어 보았다. 빅 조는 무서우면 평소와 다르게 노래했다. 가락도 가사도 없이 계속 우는 소리로 중얼댔다. 하지만 빅 조가 중얼대는 소리는 들리지 않고, 시냇물 흐르는 소리만 들렸다. 밤에는 물소리가 더 크게 났다. 빅 조는 어둠 때문에 무척 겁을 먹었을 것이다. 찰리 형이나 엄마가 빅 조를 찾았기를 바라면서 나는 집으로 돌아왔다.

집에 와 보니 다들 빅 조를 찾지 못하고 돌아와 있었다. 내가 들어서자 모두들 희망을 품고 고개를 들었다. 나는 고개를 저었다. 이어진 침묵 속에서 엄마는 어떻게 해야 될지 결정했다. 엄마는 우리에게 선택의 여지가 없다고 말했다. 중요한 것은 빅 조를 찾는 일이고, 그러려면 더 많은 사람이 필요하다고 했다. 엄마가 당장 '큰 집'에 가서 대령에게 도움을 구하기로 했다. 엄마는 찰리 형과 나를 마을에 보내 사정을 알리게 했다. 술집으로 가는 게 최선이었다. 저녁이면 마을 사람절반이 '듀크' 술집에 모였으니까. 우리가 도착했을 때 사람들은 노래를 부르는 중이었다. 농부 콕스 씨도 목청껏 노래했다. 한참 지나서 노래와 환호성이 잠잠해지자 찰리 형이 그들에게 사정을 말했다. 설명이 끝날 무렵 모두 무거운 침묵 속에서 귀를 기울이고 있었다. 그 후 한 사람도 머뭇거리지 않았다. 그들은 모자를 쓰고 코트를 입고 집으로 가서 각자의 농장, 정원, 헛간을 찾아보기로 했다. 목사가 사람들을 마을 회관에 모이게 해서 수색대를 구성해 마을 주변을 뒤지겠다고 했다. 빅 조가 발견되면 교회 종으로 신호하기로 했다.

모두 '듀크' 술집을 나와 어둠 속으로 흩어진 무렵 몰리가 달려왔다. 몰리는 방금 빅 조 소식을 들었다며, 빅 조가 교회 묘지 어딘가 있을 수도 있다고 했다. 왜 진작 그 생각을 못 했을까? 거기는 항상 빅 조가 가장 좋아한 곳이었는데. 우리 셋은 당장 교회 묘지로 향했다. 우리는 빅 조를 불렀다. 묘비 뒤쪽과 나무 꼭대기를 전부 찾아보았다. 그는 어디에도 없었다. 주목 사이로 부는 바람 소리만 들렸다. 마을과 계곡 아래쪽에서 너울대는 불빛만 보였다. 어두운 지평선 위로 움직이는 작은 불빛들이 가득했다. 우리는 그제야 알아차렸다. 엄마는 대령을 설득해서, 대령의 영지에 사는 사람들을 수색에 참여시켰던 것이었다.

새벽녘에도 여전히 빅 조 소식은 없었다. 그의 흔적도 없었다. 대령이 경찰에 신고했고, 시간이 흐르면서 점점 더 모든 사정이 무서운 결론을 향했다. 경찰이 긴 장대로 연못들과 강변들을 뒤졌다. 빅 조가 수영을 못 한다는 것을 다들 알았다. 그때 처음으로 최악의 일이 벌어졌을 수도 있다는 생각이

들기 시작했다. 아무도 이 겁나는 일을 입 밖에 내지 못했지만, 우리 모두 그것을 느끼기 시작했다. 서로 그런 생각을 한다는 것도 알았다. 우리는 이미 여러 번 가 본 곳을 다시 찾아갔다. 빅 조가 사라진 모든 이유들이 하나씩 줄어들었다. 빅 조가 어딘가에서 잠들었다면 지금쯤 깼을 터였다. 멀리 가서 길을 잃었다면 수백 명이 찾고 있으니 지금쯤 누군가 만났을 터였다. 내가 만난 사람들 모두 굳은 얼굴이었다. 모두 미소를 지으려고 안간힘을 썼지만, 그 누구도 내 눈을 똑바로 보지 못했다. 나는 이제 사람들이 단순히 걱정하는 게 아님을 알아차렸다. 그보다 나쁜 상황이었다. 사람들은 포기한 표정이었고, 아무리 노력해도 무력감을 감추지 못했다.

정오 무렵, 빅 조가 어떻게든 혼자서 집에 오는 길을 찾았을 가능성을 생각하면서 우리는 확인하러 집으로 갔다. 엄마가 혼자 앉아 있었다. 엄마는 팔걸이를 꽉 붙들고 앞만 쳐다보았다. 찰리 형과 나는 엄마의 기운을 북돋우려 애썼다. 최선을 다해 엄마를 안심시키려 노력했다. 우리가 설득력이 별로 없었던 것 같다. 찰리 형이 차를 끓였지만 엄마는 손도 대지 않으려 했다. 몰리는 엄마의 발밑에 앉아서 무릎에 머리를 기댔다. 그때 엄마의 얼굴에 유령 같은 미소가 떠올랐다. 우리가 하지 못하는 위로를 몰리는 할 수 있었다.

찰리 형과 나는 두 사람을 놔두고 정원으로 나갔다. 별로 남지 않은 희망을 꽉 붙들고 우리는 시간을 거슬러 올라가려고 애썼다. 빅 조의 마음속에 무엇이 있었기에 그렇게 가 버렸는지 생각해 보았다. 빅 조가 왜 집에서 나갔는지 알면 어디로 갔는지 짐작하는 데 도움이 될 듯했다. 혹시 빅 조는 뭔가, 잃어버린 뭔가를 찾으러 나간 걸까? 하지만 무엇을? 누군가를 만나러 갔을까? 큰형의 갑작스런 실종이 버사의 죽음과 어떻게든 관련 있다는 데는 의심의 여지가 없었다. 전날 찰리 형과 나는 '큰 집'에 올라가서, 버사를 죽인 대령을 죽이고 싶었다. 아마 빅 조도 똑같은 마음이었을 거라는 생각이 들었다. 어쩌면 빅 조는 버사의 죽음을 복수하러 갔을지도 모른다. 살그머니 '큰 집'에 올라가서 다락방이나 지하실에 들어가 공격할 기회를 기다리고 있을지 몰라. 하지만 우리는 그 말을 하면서도, 터무니없는 생각이라는 것을 알았다. 빅 조는 그런 짓을 할 생각조차 마음에 품지 않았다. 빅 조는 평생 누구에게도, 늑대 할멈에게조차 화를 낸 적이 없었다. 늑대 할멈에게는 화낼 이유가 충분하고도 남았는데도. 빅 조는 아주 쉽게 상처받을 수 있었지만 성내지 않았다. 폭력적이지도 않았다. 시간이 흐르면서 찰리 형과 나는 빅 조가 사라진 이유에 관한 새로운 가설들을 생각해 냈다. 하지만 결국 하나같이 공상에 불과했기에 그런 가능성들은 포기해야 했다.

그때 몰리가 정원으로 나와 우리에게 달려왔다.

"방금 궁금해졌어. 빅 조가 가장 가고 싶어 하는 곳이 어딜까."

"그게 무슨 말이야?"

찰리 형이 물었다.

"빅 조는 어디든 버사가 있는 곳에 가고 싶어 할 것 같아. 그러면 천국에 가고 싶지 않을까? 빅 조는 버사가 천국에 있다고 생각하잖아, 안 그래? 너희 어머니가 빅 조에게 말하시는 것을 들었어. 그러니까 빅 조가 버사랑 있고 싶다면 천국으로 올라가야 될 거야, 그렇지 않아?"

그 순간, 끔찍했다. 빅 조가 천국에 가서 버사와 있으려고 자살했다고 말하는 줄 알았다. 믿고 싶지 않았지만, 무시무시하게도 그럴듯한 이야기였다. 그때 몰리가 설명했다.

"한번은 빅 조가 내게 그런 말을 했었어. 너희 아버지가 천국에 계시는데 거기서 우리를 쉽게 볼 수 있다고. 빅 조가 위쪽을 손짓했던 기억이 나. 처음에는 무슨 말을 하는지 정확히 몰랐어. 그저 대수롭지 않게 하늘이나 새들을 가리킨다고 짐작했지. 하지만 빅 조는 내 손을 잡고 같이 교회를, 교회 탑 꼭대기를 가리키게 했어. 내게 가르쳐 주려 했지. 바보같이 들리겠지만, 빅 조는 천국이 교회 탑 꼭대기에 있다고 믿는 것 같아. 누가 교회 탑을 찾아봤나?"

몰리의 말에 우리가 아버지를 묻던 날 빅 조가 교회 탑을 손짓했던 기억이 났다. 빅 조는 무덤을 떠나면서도 어깨 너머로 거기를 돌아다보았다.

찰리 형이 말했다.

"같이 갈 거지, 토모? 몰리, 너는 엄마랑 있을래? 좋은 소식이 있으면 우리가 종을 칠게."

우리는 과수원을 달려 산울타리에 난 구멍을 뚫고 나갔다. 들판을 내달려 시내로 향했다. 그게 마을로 가는 지름길이었다. 첨벙대며 시내를 지나 초원을 가로질러 언덕을 올라 교회로 향했다. 찰리 형을 따라잡기가 힘들었다. 나는 뛰면서 연신 교회 탑을 올려다보았다. 달리는 내내 계속 움직이라고, 더 빨리 달리라고 다리를 채근했다. 그러면서 빅 조가 거기, 그의 천국에 있기를 기도했다.

찰리 형이 나보다 먼저 마을에 도착해서, 앞서서 교회 오솔길로 들어갔다. 형은 자갈에 발이 미끄러져 꽈당 넘어졌다. 형이 주저앉아서 투덜대며 다리를 붙잡고 있었다. 결국 나는 찰리 형이 넘어진 곳까지 갔다. 형과 나는 소리쳤다.

"조! 조! 거기 있어?"

대답이 없었다.

"네가 가 봐, 토모. 난 발목을 삔 것 같아."

찰리 형이 고통스러워서 찌푸리며 말했다.

나는 교회 문을 열고 어둡고 조용한 예배당으로 들어갔다. 종에 매달린 줄을 헤치고 작은 종탑 문을 열었다. 찰리 형이 나를 향해 외치는 소리가 들렸다.

"거기 있니? 빅 조가 거기 있어?"

나는 대답하지 않았다. 나는 용수철처럼 생긴 층계를 오르기 시작했다. 오래전 주일학교에 다닐 때 종탑에 올라간 적이 있었다. 어릴 때 예수 승천일 새벽에 성가대에 끼어 그 위에서 노래도 불렀다.

그때도 계단이 겁났는데 지금도 싫었다. 작은 창으로 빛이 약하게 들었다. 주변 벽은 흙투성이였고 층계는 평평하지 않고 미끄러웠다. 추위와 습기와 어둠이 내게 밀려들었다. 계속 더듬더듬 위로 올라가면서 한기가 들었다. 조용히 걸린 종들을 지날 때, 곧 종 하나가 울리기를 간절히 바랐다. 꼭대기까지 계단이 아흔다섯 개라는 것을 알고 있었다. 계단을 오를 때마다 꼭대기에 도착해서 다시 환한 공기를 호흡하기를, 빅 조를 찾기를 바랐다.

종탑의 문은 빡빡해서 잘 열리지 않았다. 힘껏 밀자 문이 홱 열리면서 갑자기 바람이 밀려들었다. 나는 바깥으로 나갔다. 한낮의 따스함과 눈부신 햇빛이 반가웠다. 처음에 휙 둘러보니 아무것도 보이지 않았다. 하지만 거기 그가 있었다. 빅 조가 난간 그림자 밑에서 몸을 웅크리고 누워 있었다. 곤히 잠들었는지 평소처럼 엄지손가락을 입에 물고 있었다. 너무 갑작스럽게 깨우기 싫었다. 내가 손을 잡았는데도 빅 조는 깨지 않았다. 가만히 어깨를 흔들어도 움직이지 않았다. 몸이 너무 차고 창백했다. 새하얗게 질려 있었다. 빅 조가 숨을 쉬는지 아닌지 가늠할 수가 없었고, 아래서는 찰리 형이 나를 부르고 있었다. 다시 빅 조를 흔들었다. 이번에는 좀 세게 흔들면서, 잔뜩 겁에 질려서 소리쳤다.

"일어나, 형. 제발 일어나 봐!"

그제야 나는 큰형이 일어나지 않으리란 것을 알았다. 빅 조는 여기 죽으러 올라온 것이었다. 천국에 가려면 죽어야 된다는 것을 알았고, 천국은 빅 조가 있고 싶은 곳이었다. 다시 버사와 아버지와 함께 있고 싶었던 것이다.

잠시 후 빅 조가 몸을 뒤척이자 나는 믿을 수가 없었다. 그가 눈을 떴다. 빅 조는 빙긋 웃었다.

"어, 토모. 배고파, 배고파."

내가 들어 본 말 중 가장 아름다운 말이었다. 나는 벌떡 일어나서 난간 밖으로 몸을 내밀었다. 저 아래 교회에서 찰리 형이 나를 올려다보고 있었다.

"빅 조를 찾았어, 찰리 형. 우리가 찾았다고! 여기 있어. 무사해."

내가 아래에 대고 소리쳤다.

찰리 형은 공중에 주먹을 쥐고 계속 환호성을 올렸다. 빅 조가 내 옆에 서서 손을 흔들자 찰리 형은 더 크게 환호했다.

빅 조가 소리쳤다.

"찰리! 찰리!"

찰리 형은 한 발로 뛰다가 절룩거리며 교회로 들어갔고, 잠시 후 웅장한 종소리가 마을에 울려 퍼졌다. 종이 울리자 탑에 있던 비둘기 떼가 날아올랐다. 종소리는 마을 지붕들 위로, 들판 위로 퍼져 나갔다. 비둘기 떼처럼 빅 조와 나도 우렁찬 종소리에 깜짝 놀랐다. 귀가 멀 것 같았고, 탑 안에 퍼지는 떨림이 우리의 발뒤꿈치까지 전해졌다. 천둥 같은 종소리에 빅 조가 갑자기 초조한 표정을 지으면서 양손으로 귀를 막았다. 하지만 내가 웃는 것을 보자 같이 웃었다. 그러더니 나를 안았다. 얼마나 꼭 안았는지 내 몸이 부서질 것 같았다. 빅 조가 〈오렌지와 레몬〉을 부르기 시작하자 나도 따라 불렀다. 울면서 노래했다.

나는 빅 조를 데리고 내려가고 싶었지만, 빅 조는 거기 있고 싶어 했다. 난간에서 사람들에게 손을 흔들고 싶어 했다. 사방에서 마을 사람들이 몰려들었다. 머닝스 교장, 매칼리스터 선생님, 전교생이 학교 운동장을 나와 교회로 향했다. 우리는 차를 타고 도로를 달려오는 대령을 보았다. 그 옆에 앉은 늑대 할멈의 모자도 보였다. 가장 좋은 것은 어머니와 몰리가 자전거를 타고 언덕을 올라오다가 우리에게 손을 흔드는 것이었다. 찰리 형은 여전히 종을 울렸고, 길게 '딩' 소리가 나는 사이에 형은 환호성을 올렸다. 나는 그 소리를 들으면서 찰리 형이 줄에 매달려 공중을 날아다니면서 종을 치는 상상을 했다. 여전히 빅 조는 가장 좋아하는 노래를 불렀다. 주변에서 칼새들이 날아올라 하늘을 빙 돌았다. 새들이 살아 있는 기쁨을 노래했다. 새들이 빅 조가 살아 있는 것도 축하하는 것 같았다.

1시 28분

주일학교에 다닐 때, 교회 탑은 천국의 약속이기 때문에 하늘에 닿아 있다고 들었다. 프랑스의 교회 탑은 다르다. 전쟁 중인 세상을 내 집으로 삼고 여기 프랑스에 와서 처음 눈에 띈 게 교회 탑이었다. 비교해 보면 고향의 교회 탑들은 땅딸막하고, 오목한 들판들 사이에 숨어 있었다. 이곳에는 오목한 들판이 없고 탁 트인 평원만 있다. 언덕은 보이지 않는다. 프랑스에는 땅딸막한 교회 탑 대신 뾰족탑이 있다. 교실에서 아이가 봐 주기를 바라며 손을 번쩍 든 것 같은 모양이다. 하지만 신이 있다 한들 여기서 아무것도 못 볼 것이다. 신은 이곳과 여기 사는 우리 모두를 오래전에 버렸다. 이제 남은 첨

탑도 별로 없다. 알베르에서 깨진 약속처럼 무너진 첨탑을 본 적이 있다.

지금 생각해 보니 여기 프랑스로, 이 헛간으로 날 이끈 것은 깨진 약속이었다. 다시 쥐가 돌아왔다. 잘됐다.

* * *

빅 조를 찾은 후 잠시 동안은 옛 상처와 미움이 다 용서되고 잊혔다. 프랑스에서 일어난 전쟁에 대한 소문도 까맣게 잊혔다. 그날은 다들 다행히 빅 조를 찾은 일에 대해서만 이야기했다. 대령과 늑대 할멈도 듀크 술집에 와서 우리와 함께 축하했다. 몰리의 부모님도 거기 와서 다른 사람들과 함께 축하하며 미소를 지었다. 신앙심이 깊은 사람들이라서 술은 한 방울도 입에 대지 않았다. 그때 나는 몰리의 어머니가 웃는 것을 처음 보았다. 대령은 술값을 다 내겠다고 말했다. 맥주 두어 잔 마신 후, 농부 콕스 씨가 노래를 부르기 시작했다. 그는 우리가 술집에서 나올 때도 노래하고 있었다. 그 즈음에는 상스러운 노래도 나왔다. 내가 듀크 밖에 서 있을 때, 엄마가 대령에게 다가가서 도와줘서 고맙다고 인사했다. 대령은 우리를 집에 태워다 주겠다고 말했다. 롤스로이스로! 차의 뒷자리에 우리 피스풀 가족이 탔고, 늑대 할멈은 앞자리에 타서 친한 척했다. 우리는 어이가 없었다. 오랫동안 얼마나 감정이

나빴는데!

집으로 가는 길에 대령이 마법을 깼다. 그는 전쟁 이야기를 시작했고, 군대가 프랑스에서 더 많은 기병대를 동원할 거라고 말했다.

"말, 총. 그 순서로 동원하겠지. 우린 남아프리카에서 보어인(남아프리카의 네덜란드 이주민 자손—옮긴이)들을 그렇게 무찔렀으니까. 그런 식으로 전쟁을 해야 된다니까. 내가 더 젊었더라면 직접 전쟁터에 나가련만. 이제 곧 군은 말과 남자를 있는 족족 데려갈 거요, 피스풀 부인. 전쟁터의 상황이 안 좋을 거외다."

차에서 내릴 때 엄마는 도와줘서 감사하다고 다시 인사했다. 대령은 모자를 건드리며 미소 지었다.

"다시는 달아나지 마라, 젊은이. 너 때문에 우리 모두 힘들게 싸웠으니."

대령이 빅 조에게 말했다. 차가 출발할 때 늑대 할멈까지 명랑하게 손을 흔들어 댔다.

그날 밤 빅 조는 기침을 하기 시작했다. 감기에 걸렸고 폐까지 안 좋아졌다. 그 후 몇 주간 열이 나서 앓아누웠고, 엄마는 그의 곁을 떠나지 않으면서 무척 걱정했다.

빅 조가 기운을 차릴 무렵, 실종 이야기는 잊히고 신문에 난 전쟁 소식에 관심이 몰렸다. 마른(프랑스 북동부에 있는 주—옮긴이)에서 살벌한 대규모 전투가 벌어졌다. 우리 군대는 거기서 독일군과 막상막하로 전투 중이었고 독일군이 프랑스로 진격하는 것을 막으려고 필사적으로 버텼다.

어느 날 저녁, 찰리 형과 나는 농장 일을 좀 늦게 끝내고 집에 오는 길에 한잔 마시려고 듀크 술집에 들렀다. 종종 있는 일이었다. 그 시절에 내가 맥주를 좋아하는 척했던 기억이 난다. 사실은 맥주를 싫어했지만 사람들과 어울리는 게 좋았다. 찰리 형은 농장에서는 상사 노릇을 톡톡히 했지만, 일이 끝나 듀크에 가면 나를 열다섯 살 취급하지 않았다. 하지만 날 애 취급하는 사람도 몇 명 있었다. 그 사람들에게 내가 맥주를 싫어한다는 것을 알릴 수는 없었다. 그래서 억지로 찰리 형과 두어 잔 마시고, 정신이 오락가락한 가운데 술집을 나섰다. 그날 저녁에도 그렇게 취해서 집에 돌아갔다. 문을 열자, 몰리가 바닥에 주저앉아 엄마의 무릎에 머리를 파묻고 있었다. 문득 빅 조가 없어진 날이 떠올랐다. 몰리는 우리를 올려다보았고, 나는 몰리가 울고 있었다는 것을 알았다. 그리고 이번에는 엄마가 몰리를 위로하고 있었다.

찰리 형이 물었다.

"왜 그래? 무슨 일이 있었던 거야?"

"궁금할 만도 하지, 찰리 피스풀."

엄마가 말했다. 우리를 반기는 기색이 아니었다. 처음에는 우리가 술을 마신 걸 알아서 그러나 싶었다. 그런데 창틀 밑에 가죽 가방이 있었다. 벽난로 옆 아버지의 의자에는 몰리의 코트가 걸쳐져 있었다.

엄마가 계속 말했다.

"몰리가 우리랑 살려고 왔단다. 집에서 쫓겨났다는구나, 찰리. 어머니와 아버지가 몰리를 내쫓았는데 네 잘못 때문이 라는구나."

"아니에요! 그렇게 말씀하지 마세요. 이건 찰리 잘못이 아 니에요. 그 누구의 잘못도 아니에요."

몰리가 외쳤다.

"무슨 일이 있었던 거야, 몰리? 대체 무슨 일이야?"

찰리 형이 물었다.

몰리는 찰리의 어깨에 얼굴을 묻고 고개를 저으며 마구 흐 느꼈다. 찰리 형이 엄마를 바라보았다.

"몰리가 네 아기를 가졌다는구나, 찰리. 몰리 부모가 가방 을 싸서 몰리를 집 밖으로 쫓으면서 다시는 돌아오지 말라고 했지. 다시는 몰리를 보기 싫대. 이 아이는 달리 갈 데가 없단 다, 찰리. 나는 몰리에게 한가족이라고, 이제 우리랑 같이 지 내자고 말했다. 언제까지든 여기 살아도 좋다고 했지."

엄청나게 오래 지나서야 찰리 형이 입을 뗐다. 나는 형의 얼굴에 온갖 감정이 다 떠오르는 것을 보았다. 납득이 안 되 는 표정, 당황한 표정, 성난 표정이 한꺼번에 지나가더니 마 침내 결심이 선 것 같았다. 형은 몰리를 품에서 떼서, 눈을 응 시하며 엄지로 눈물을 닦아 주었다. 마침내 형이 말을 건넨 사람은 몰리가 아니라 엄마였다.

"어머니가 몰리에게 그렇게 말하면 안 되는 거였어요."

형이 고집스런 말투로 느릿느릿 말했다. 그러더니 빙그레 웃었다. 찰리 형은 말을 이었다.

"그 말을 해야 될 사람은 바로 저였다고요. 우리 아기니까요. 제 아기요. 그리고 몰리는 제 여자예요. 그러니까 제가 그렇게 말하는 게 당연하죠. 하지만 엄마가 똑같은 말을 해 주셔서 다행이에요."

그 후, 몰리는 이전보다 더 자주 우리 형제와 어울렸다. 나는 뛸 듯이 기쁜 동시에 비참하기도 했다. 몰리와 찰리 형은 내 기분이 어떨지 훤히 알았던 것 같다. 하지만 그들은 그 이야기를 꺼내지 않았고 나도 마찬가지였다.

얼마 후, 두 사람은 교회에서 결혼식을 올렸다. 교회는 썰렁했다. 목사님, 우리 가족 넷과 뒤쪽에 앉은 목사님 부인 외에는 아무도 참석하지 않았다. 이제 다들 몰리의 임신에 대해 알았고, 목사님은 한 가지 조건을 걸고 두 사람의 혼인 예배를 올려 주었다. 결혼의 종을 울리지 않으며 찬송가를 부르지 않는다는 조건이었다. 목사님은 이 자리를 피하고 싶은 사람처럼 서둘러 예배를 진행했다. 결혼식이 끝나고 혼인 잔치는 없었다. 그저 집에 가서 과일 케이크에 차 한 잔을 곁들여 먹었을 뿐이었다.

얼마 후 엄마는 늑대 할멈이 보낸 편지 한 통을 받았다. 늑대 할멈은 이 결혼은 망신이라고 말했다. 자기가 몰리를 내쫓으려 했지만 그러지 않기로 결정한 이유는, 몰리가 약하고 부도덕하긴 해도 찰리의 잘못이 더 크기 때문에 양심상 벌할 수 없었다고 했다. 아무튼 몰리는 사악한 행동으로 인해 벌을 충분히 받았다면서. 엄마는 우리 모두에게 편지를 읽어 준 다음, 편지를 구겨서 난로에 던졌다. 거기가 딱 어울리는 자리라면서.

나는 빅 조의 방으로 옮겨서 빅 조의 침대에서 같이 잤다. 빅 조의 체구가 큰 데다 침대가 아주 좁아서 같이 자기가 쉽지 않았다. 빅 조는 꿈을 꾸면서 혼잣말을 했고 쉴 새 없이 몸을 뒤척였다. 하지만 밤에 깨서 누워 있노라면 나를 가장 괴롭히는 것은 그의 잠버릇이 아니었다. 옆방에 내가 세상에서 가장 사랑하는 두 사람이 자고 있었다. 그들은 서로를 찾았고 나를 버렸다. 가끔 한밤중에 끌어안고 누운 두 사람이 떠오르면 그들을 미워하고 싶어졌다. 하지만 그럴 수가 없었다. 내가 아는 것은, 더 이상 이 집에 내 자리가 없다는 사실뿐이었다. 나는 떠나는 게 나았다. 특히 두 사람에게서 멀리 떠나야 했다.

이제는 몰리에게 무슨 말을 해야 좋을지 몰라서 단둘이 있지 않으려고 애썼다. 같은 이유로 찰리 형과 듀크에 들러 한잔 마시는 것도 그만두었다. 콕스 씨의 농장에서는 형과 가까이 있지 않으려고 기회 있을 때마다 혼자 할 일거리를 찾았다. 농장 바깥으로 짐을 실어내고 짐을 싣고 오는 일을 자진해서 떠맡았다. 콕스 씨는 내가 그러는 게 아주 흡족한 눈치였다. 그는 늘 내게 이런저런 심부름을 시키면서 짐마차를 내주었다. 상인에게 사료를 받아 오고 씨감자를 가져오거나, 돼지를 장에 내가서 팔았다. 무슨 일이든 나는 느릿느릿 움직였고 콕스 씨는 눈치채지 못했다. 하지만 찰리 형은 알아차렸다. 형은 내가 딴청을 피운다고 말했지만, 모든 게 형을 피하기 위해서라는 사실도 알았다. 우리는 서로를 너무나 잘 알았다. 우리는 다투지 않았다, 한 번도 안 싸웠다. 아마도 둘 다 상대에게 상처를 주기 싫기 때문이었을 것이다. 이미 상처를 받았다는 것을 둘 다 충분히 알고 있었다. 더 아프면 둘 사이의 골이 깊어지기만 한다는 것을 알았고, 찰리 형이나 나나 그건 원치 않았다.

어느 아침, 해더레이 시장에서 처음으로 전쟁과 대면한 것도 '딴청을 피우다' 였다. 그때까지 전쟁은 현실 같지 않고 우리 모두와 멀찌감치 있는 듯했다. 그저 신문과 포스터에서나 전쟁을 접했다. 콕스 씨의 늙은 양 두 마리를 아주 좋은 값에 팔았을 때, 군악대가 '하이' 거리로 올라오는 소리가 났다. 그들은 북을 치고 나팔을 불어 댔다. 시장에 있던 사람들 모두 뛰어갔고 나도 가 봤다.

모퉁이를 돌자 군악대가 보였다. 그들 뒤로 화려한 진홍빛 제복을 입은 병사들이 2, 30명쯤 따라왔다. 병사들은 나를 지나 행진했다. 팔을 착착 맞춰서 움직였고, 제복의 단추와 군화가 반짝거렸다. 병사들의 창검이 햇빛을 받아 번쩍거렸다. 병사들은 악대의 연주에 맞춰 노래했다.

"티퍼러리까지는 먼 길이네, 먼 길이네."

빅 조가 거기 없어서 다행이라 생각했던 기억이 난다. 빅 조는 〈오렌지와 레몬〉을 목청껏 불렀을 테니까. 아이들이 쿵쾅거리며 병사들 옆을 따라갔다. 몇몇은 종이 모자를 쓰고, 나무 막대기를 어깨에 메기도 했다. 여자들이 뿌린 꽃이 병사들의 발치에 떨어졌다. 주로 장미였다. 하지만 꽃 한 송이가 어느 병사의 상의에 끼어 떨어지지 않자, 그는 빙긋 웃었다.

다른 사람들처럼 나도 그들을 따라 마을을 돌아 광장으로 갔다. 군악대가 국왕찬가를 연주하자 유니언잭(영국 국기—옮긴이)이 나부꼈다. 내가 눈여겨보던 상사가 계단을 올라가서 지휘봉을 멋지게 겨드랑이에 끼고, 우리에게 연설을 했다. 카랑카랑하고 명령조의 목소리였다.

그가 연설을 시작했다.

"신사 숙녀 여러분, 에둘러 말하지 않겠습니다. 프랑스에서 잘되고 있다고도 말하지 않겠습니다. 제가 보기에 이미 말도 안 되는 일들이 많았습니다. 이건 소풍이 아닙니다. 전쟁은 힘든 일이고, 현재 정말 고되고 힘듭니다. 이 전쟁에 대해 여러분 자신에게 딱 한 가지 질문만 해 보십시오. 여러분은 이 거리에서 누가 행진하는 것을 보고 싶습니까? 우리입니까,

독일군입니까? 마음을 정하십시오. 제 말을 잘 들으십시오, 여러분. 우리가 저들을 프랑스에서 막지 못하면 독일군이 여기, 바로 해더레이 이곳에, 여러분의 집 앞에 올 것이기 때문입니다."

사방이 잠잠해지는 것을 느낄 수 있었다.

"그들은 여기로 행군할 것입니다. 여러분의 집을 불태우고, 여러분의 자식들을 죽이고, 여러분의 여인을 욕보일 것입니다. 그들은 용기 있는 벨기에를 무찌르고 단숨에 집어삼켰습니다. 이제 독일군은 프랑스의 상당 지역도 먹었습니다. 제가 여기 온 것은 우리가 그들을 물리치지 않는다면 그들이 우리도 먹어 치울 거라는 말씀을 드리기 위해서입니다."

그는 우리를 훑어보고 나서 덧붙였다.

"어떻습니까? 독일군이 여기 오기를 바라십니까? 그렇습니까?"

"아니요!"

고함이 터져 나왔고, 나도 군중과 함께 소리쳤다.

"그러면 우리가 저들을 완전히 물리쳐야 되겠습니까?"

"네!"

우리는 한목소리로 외쳤다. 상사는 고개를 끄덕였다.

"좋습니다. 아주 좋습니다. 그렇다면 저희는 여러분이 필요합니다."

그는 지휘봉으로 군중을 가리키다가 남자들을 골라냈다.

"거기, 거기, 그리고 거기."

그는 내 눈을 똑바로 쳐다보더니 다시 말했다.

"그리고 거기도!"

그 순간까지 솔직히 그가 하는 말이 나와 상관있다고는 생각하지 않았다. 나는 구경꾼이었다. 그런데 더 이상은 아니었다.

"제군들의 폐하께는 제군들이 필요합니다. 제군들의 조국에 제군들이 필요합니다. 프랑스에 나간 용감한 청년들에게도 모두 제군들이 필요합니다."

그는 말끔하게 다듬은 콧수염을 만지작거리며 미소 지었다. 그가 연설을 이어 갔다.

"제군들, 하나만 기억하십시오. 제가 보증할 수 있습니다. 모든 아가씨는 병사를 사랑한다는 것을 말입니다."

그 말에 군중 속의 여자들이 웃음을 터뜨리고 키득댔다. 그러자 상사는 다시 지휘봉을 겨드랑이에 꼈다.

"자, 어느 용감한 청년이 맨 먼저 나와서 군인이 되겠습니까?"

아무도 움직이지 않았다. 아무도 소리 내지 않았다.

"누가 앞장서겠습니까? 이제 나오십시오. 나를 실망시키지 마십시오, 제군들. 나는 용맹스런 청년을 찾고 있습니다. 왕과 조국을 사랑하는 청년을, 못된 독일 놈들을 미워하는 용감한 청년을 찾고 있습니다."

첫 지원자가 앞으로 나선 것은 그 순간이었다. 환호하는 군중들을 뚫고 그가 모자를 휘두르며 앞으로 나갔다. 나는 곧 동창생을 알아보았다. '덩치' 지미 파슨스였다. 그의 가족이 마을을 떠난 후로 한동안 그를 보지 못했다. 체구가 내 기억보다 훨씬 컸다. 얼굴과 목도 더 두툼하고 붉었다. 그는 학교 운동장에서 늘 그랬듯 지금도 으스댔다. 군중의 환호를 받자 곧 다른 사람들도 뒤따라 나섰다.

갑자기 누군가 내 등을 쿡쿡 찔러 댔다. 이가 빠진 노파가 굽은 손가락으로 나를 찌르고 있었다.

노파가 쉰 목소리로 말했다.

"나가라고. 가서 싸워. 조국이 부르면 싸우는 게 모든 남자의 의무라고 할 수 있지. 어서. 설마 겁쟁이는 아니겠지?"

그러자 모두 나를 쳐다보는 것 같았다. 나를 채근하고, 망설이는 나를 비난하는 것 같았다. 이 빠진 노파가 다시 나를 찌르더니 앞으로 밀었다.

"겁쟁이는 아니겠지? 겁쟁이는 아니지?"

나는 뛰지 않았다. 처음에는 안 뛰었다. 천천히 노파 옆을 벗어나며 군중들에게 등을 돌렸다. 아무도 눈치채지 못하기를 바라면서. 하지만 노파가 알아차렸다.

"겁쟁이! 겁쟁이!"

노파가 큰 소리로 나를 불렀다. 그러자 나는 달렸다. 조용한 하이 거리를 내달렸다. 아직도 노파의 말이 귀에 맴돌았다.

마차를 몰고 장터를 빠져나오는데, 광장에서 다시 군악대의 연주가 들렸다. 심벌즈가 쾅쾅 메아리치는 소리가 돌아오라고 날 부르는 소리 같았다. 나는 수치스러움에 휩싸여서 가던 길을 계속 갔다. 농장까지 가는 내내 이 빠진 노파의 말과 상사의 말이 생각났다. 빛나는 군복을 입은 병사들이 얼마나 멋지고 남자다워 보였던가. 내가 군대에 갔다가 진홍색 제복을 입고 돌아오면 엄마와 빅 조가 얼마나 자랑스러워할까. 또 몰리는 얼마나 감탄할까. 어쩌면 날 사랑하게 될지도 모르는데⋯⋯. 농장으로 돌아가 말을 풀어놓을 무렵, 군대에 갈 결심이 섰다. 병사가 될 작정이었다. 프랑스로 가서, 상사가 말했던 것처럼 못된 독일 놈들을 혼내 주리라. 저녁 식사를 할 때 모두에게 이 소식을 알리기로 마음먹었다. 얼른 말해서 식구들의 표정을 보고 싶어 안달이 났다.

다들 식탁에 앉자마자 내가 말하기 시작했다.

"오늘 아침에 해더레이에 갔어요. 콕스 씨가 장에 다녀오라고 시켜서요."

"평소처럼 딴청을 피웠겠지."

찰리 형이 수프를 먹으면서 중얼댔다.

나는 못 들은 체하고 계속 이야기했다.

"군대가 거기 있었어요, 엄마. 병사를 모집하고 있었어요. 지미 파슨스가 자원했어요. 여러 명이 그랬어요."

"바보 녀석들. 난 군대에 안 가, 절대 안 가. 내가 쥐한테 총을 쏜다면 그건 쥐가 날 물기 때문이야. 토끼한테 총을 쏜다면 그건 먹기 위해서야. 독일 사람한테 왜 총을 쏘고 싶겠어? 독일 사람을 만나 본 적도 없는데."

엄마가 숟가락을 집어서 내게 주었다.

"먹어라."

엄마는 내 팔을 토닥이며 덧붙였다.

"그리고 그건 걱정 마라, 토모. 그 사람들은 널 전쟁터에 보낼 수가 없단다. 어쨌든 넌 너무 어려."

"열여섯 살이 다 된걸요."

내가 말했다.

"열일곱 살이어야 군대에 갈 수 있어. 열일곱 살이 되지 않으면 군대에서 받아 주지 않을 거야. 애들은 원하지 않거든."

찰리 형이 말했다.

그래서 난 수프를 먹으면서 더 이상 군대 이야기는 하지 않았다. 처음에는 내가 큰 주목을 받지 못해서 실망스러웠지만, 그날 밤 누워서 생각하니 열일곱 살이 안 되는 게 은근히 다행스러웠다.

몇 주일 후, 대령은 예고도 없이 엄마를 찾아왔다. 찰리 형과 나는 일하러 가서 집에 없었다. 우리는 저녁에 집에 돌아가서야 몰리에게 그 이야기를 들었다. 저녁 식사를 하면서 엄마가 유난히 딴 생각에 잠겨 말수가 없자, 무슨 일이 벌어진 거라는 생각이 들었다. 빅 조가 뭘 물어봐도 엄마는 대답하지 않았다. 그러다가 몰리가 일어나서 산책을 하고 싶다면서 찰리 형과 나에게 같이 가자고 권했다. 무슨 일이 생긴 게 틀림없다는 생각이 들었다. 우리끼리, 우리 셋이서만 밖에 나가기는 아주 오랜만이었다. 찰리 형이 산책을 나가자고 권했다면 나는 분명히 싫다고 했을 터였다. 하지만 나로서는 몰리에게 퇴짜를 놓기가 훨씬 어려웠다.

예전에 우리끼리만 있고 싶을 때면 늘 그랬듯 시냇가로 갔다. 몰리와 내가 자주 만나서 편지 교환을 하던 장소도 거기였다. 우리는 강둑에 잠자코 앉아 있는 몰리의 양 옆에 앉았다. 다들 자리를 잡자 그녀가 찰리 형과 내 손을 잡았다.

그녀가 말을 시작했다.

"난 어머니와의 약속을 깰 거야. 정말이지 두 사람에게 이 말을 전하고 싶지 않지만 꼭 해야 해. 무슨 일이 벌어지는지 너희가 알아야 되니까. 대령 때문이야. 오늘 아침 대령이 찾아와서 어머니와 이야기를 나누었어. 그는 자기의 '애국적 의무'를 하려는 것뿐이라고 말했어. 대령은 전쟁이 우리에게 불리하게 돌아간다면서, 나라가 남자들을 간절히 부른다고 말했어. 대령의 영지에서 살거나 일하는 신체 건강한 남자 전부를, 동원 가능한 대로 모조리 자진 입대시키기로 결심했대. 그들을 전쟁터에 보내서 국왕과 조국에 할 바를 다 하겠다고 말이야. 영지는 한동안 남자 없이 운영할 거라고."

내 손을 쥔 몰리의 손에 힘이 더 들어갔다. 그녀는 떨리는 소리로 말했다.

"대령은 찰리도 가야 될 거라고 말했어. 안 그러면 우리를 사택에 못 살게 할 거래. 어머니는 최선을 다해 거부하셨지만 그는 들으려 하지 않았어. 대령은 분통을 터뜨렸어. 대령이 우리를 내쫓을 거야. 그리고 전쟁에 나가지 않으면 어머니나 내게 일자리를 주지 않을 거야."

"대령은 그런 짓을 못 할 거야, 몰리. 그냥 협박일 뿐이야. 대령은 그럴 수 없어. 자기가 어떻게 그래."

찰리 형이 말했다.

"대령은 그렇게 할 거고 할 수도 있어. 어떤 인간인지 알잖아. 또 무슨 일을 하려고 맘먹으면 꼭 하고 마는 사람이야. 버사한테 한 짓을 봐. 대령은 그러고도 남을 사람이야, 찰리."

"하지만 대령은 약속했어. 대령 부인도 죽기 전에 약속했고. 대령 부인은 남편이 엄마를 돌봐 주기를 바랐어. 그래서 대령이 우리가 사택에 살아도 된다고 말했고. 엄마가 우리한테 그렇게 말하셨어."

내가 말했다.

"어머니도 대령에게 그 이야기를 하셨어. 그런데 대령이 뭐라고 대답했는지 알아? 자기는 그런 약속은 한 적이 없고, 아내의 소망이었을 뿐이라고 했어. 또 아무튼 전쟁이 모든 걸 바꾸어 놓았다고 했어. 예외를 두지 않을 거래. 찰리가 전쟁에 나가지 않으면 우린 이번 달 말에 집에서 쫓겨날 거야."

우리는 손을 잡고 그렇게 앉아 있었다. 몰리는 찰리 형의 어깨에 머리를 기댔다. 주변에 어둠이 내렸다. 몰리가 가끔 소리 나지 않게 흐느꼈지만 아무도 입을 열지 않았다. 말을 할 필요가 없었다. 이 상황을 벗어날 길이 없다는 것을 모두 알았다. 전쟁이 우리를 갈라놓으리란 것을, 우리의 삶이 영영 변하고 말리란 것을 알고 있었다. 하지만 그 순간 나는 몰리의 손을 잡은 것이 좋았다. 마지막으로 함께 한 이 순간이 소중했다.

찰리 형이 불쑥 침묵을 깼다.

"정직하게 말할게, 몰리. 최근에 그일로 무척 고민했어. 오해하지는 마. 가고 싶다는 말이 아니니까. 하지만 신문에 난 명단을 봤어. 모두 죽고 부상당한 사람들이었지. 가여운 사람들. 명단이 몇 면에 걸쳐 실려 있었지. 그 사람들이 그렇게 죽어 가는 동안 나는 여기서 즐겁게 지내는 게 옳지 않은 것 같았어. 사실 그렇지. 그렇게 나쁜 일만은 아니야, 몰리. 어제 베니 코플스톤을 봤어. 술집에서 제복을 뽐내더라고. 휴가를 나왔대. 1년쯤 벨기에에 있었대. 베니는 그것도 괜찮다고 말했어. '죽여준다'고 표현하더라고. 지금 우리가 독일군을 몰아내고 있대. 한 번만 힘껏 밀어내면 독일군이 꼬리를 내리고 베를린으로 도망갈 거래. 그러면 우리 병사들은 집에 돌아올 수 있지."

찰리 형은 말을 멈추고 몰리의 이마에 키스했다. 형이 말을 이었다.

"아무튼 내게 선택의 여지가 별로 없는 것 같네. 그렇지, 몰리?"

"아, 찰리. 네가 안 가면 좋겠어."

몰리가 속삭였다.

"걱정 마요, 아가씨. 운이 따라 준다면 아기가 태어날 때쯤 돌아올 테니까. 그리고 토모가 보살펴 줄 거야. 토모가 우리 집안의 가장이 될 테니까. 그렇지, 토모? 내가 집을 비운 사이, 그 치사한 영감탱이가 더러운 머리를 우리 집에 들이밀면 쏴 버려, 토모. 그 자식이 버사를 쐈던 것처럼."

나는 찰리 형의 말이 농담이라는 것을 알았다. 그러자 나는 무슨 말을 하는지도 모르고 대답했던 것 같다.

"나도 집에 없을 거야. 나도 같이 갈 거라고, 형."

두 사람은 나를 말리려고 갖은 애를 썼다. 입씨름을 벌이고 날 못 살게 굴었지만 이번에는 날 꺾지 못했다. 찰리 형은 내가 너무 어리다고 말했다. 난 2주 후면 열여섯 살이 되고 키도 형만 하다고, 면도하고 굵은 목소리로 말하면 쉽게 열일곱 살로 보일 거라고 대답했다. 몰리는 엄마가 날 보내 주지 않을 거라고 말했다. 난 도망가겠다고, 엄마가 날 가두지는 못할 거라고 대꾸했다.

"두 사람 다 가면 누가 우리를 돌봐 주겠어?"

이제 몰리는 내게 간청했다.

"내가 어느 쪽을 돌보는 게 좋겠어, 몰리? 내가 없어도 알아서 잘 지낼 수 있는 우리 가족? 아니면, 집에서도 늘 사고를 치는 찰리 형?"

그들은 이 질문에 대답을 못 했다. 두 사람은 내 고집을 꺾지 못한다는 걸 알았고 나도 내가 이겼다는 것을 알았다. 나는 찰리 형과 함께 전쟁에 나가 싸울 터였다. 이제 무엇도, 누구도 날 말리지 못했다.

왜 내가 충동적으로 찰리 형과 함께 가기로 결정했는지에 대해 2년 동안 생각해 봤다. 결국은 형과 떨어져 지낸다는 건 생각만 해도 참을 수가 없어서였던 것 같다. 우리는 평생 함께 살았고 모든 것을 나누었다. 몰리에 대한 사랑까지도. 난 형이 혼자 이 모험을 하는 것을 원치 않았던 것이다. 또 해더레이의 하이 거리를 발맞춰 행진하던 진홍색 제복의 병사들이 내게 새로이 불꽃을 당겼다. 장터에 울려 퍼진 북과 나팔 소리, 상사가 병사를 모집하는 소리에 마음이 쏠렸다. 내게 있는 줄도 몰랐고, 말해 본 적도 없는 감정을 그 상사가 일깨워 주었다. 내게 익숙한 모든 것을 내가 사랑한다는 사실이었다. 나는 아는 것을 사랑했고, 내가 아는 것은 가족, 몰리, 내가 자란 시골이었다. 나는 적군이 우리 땅에, 우리 집에 발을 들이는 것을 바라지 않았다. 적을 막기 위해, 사랑하는 이들을 지키기 위해 내가 할 수 있는 일을 다 할 작정이었다. 그리고 그 일을 찰리 형과 함께 할 터였다. 하지만 마음 깊은 곳에 있는 것은 찰리

나 조국, 군악대, 상사보다는 이 빠진 노파였다.

'겁쟁이는 아니겠지? 겁쟁이는 아니지?'

솔직히 내가 겁쟁이가 아니라는 자신이 없었다. 그러니 알아내야 했다.

내가 겁쟁이가 아니라는 걸 나 자신에게 증명해야 했다. 나를 나에게 증명해야 했다.

가지 말라는 엄마의 온갖 설득도 소용이 없어져 이틀이 지난 후 우리는 같이 에그스포드 환승역으로 갔다. 거기서 찰리 형과 나는 기차를 타고 엑서터로 향했다. 빅 조에게는 우리가 전쟁에 나간다는 말을 하지 않았다. 한동안 집을 떠났다가 곧 돌아올 거라고 말했다. 큰형에게 사실을 말하지 않았지만 거짓말을 하지도 않았다. 엄마와 몰리는 빅 조 때문에 울지 않으려고 애썼다. 찰리 형과 나도 마찬가지였다.

몰리가 말했다.

"나 대신 찰리를 잘 돌봐 줘, 토모. 너도 조심히 잘 지내고."

몰리와 포옹할 때 불룩 나온 배가 느껴졌다.

엄마는 내게 늘 깔끔하게 지내고 착하게 굴고 편지도 쓰고 그리고 꼭 집에 돌아오겠다고 약속하라고 했다. 그런 다음 찰리 형과 나는 기차에 탔다. 우리가 평생 처음 타는 기차였다. 우리는 창밖에 몸을 내밀고 손을 흔들다가, 갑자기 검은 연기에 휩싸여 캑캑대며 기침을 해 댔다. 연기가 가라앉자 다시 밖을 보았지만 역은 이미 보이지 않았다. 우리는 마주 앉았다.

"고맙다, 토모."

찰리 형이 말했다.

"뭐가?"

내가 물었다.

"알면서 그래."

형이 대답했고 우리는 창밖을 내다보았다. 그 일에 대해 더 할 말이 없었다. 왜가리 한 마리가 강에서 날아올라 한동안 우리를 따라오더니, 방향을 바꿔 나무 꼭대기에 내려앉았다. 기차가 지나가자 깜짝 놀란 까마귀 떼가 꼬리를 세우고 흩어지며 달아났다. 우리는 터널 속을 지났다. 어둡고 긴 터널에는 소음과 연기와 어둠이 꽉 차 있었다. 그 후 나는 매일 그 터널에 있었던 것 같다. 그렇게 찰리 형과 나는 전쟁터로 덜컹덜컹 달려갔다. 이제 모든 것이 아주 오래전 같다. 한평생 전의 일 같기만 하다.

2시 14분

　계속 시간을 확인한다. 그러지 않겠다고 다짐했지만, 나도 어쩔 수가 없나 보다. 시간을 확인할 때마다 손목시계를 귀에 대고 똑딱 소리를 듣는다. 여전히 바늘이 1초마다 움직인다. 그러다가 1분, 그러다가 1시간. 시계는 3시간 46분 남았다고 알려 준다. 전에 찰리 형은 태엽 감는 것을 잊지만 않으면 시계는 서지 않을 거라고, 날 실망시키지 않을 거라고 말했다. 세계 최고의 멋진 시계라고 말했다. 하지만 그렇지 않다. 그렇게 훌륭한 시계라면 시간이 맞는 것 이상의 뭔가를 할 것이다. 고물 시계도 시간은 맞는다. 진짜 멋진 시계라면 시간을 만들겠지. 그러다가 시계가 멈추면 시간 자체가 멈춰야 될 거

야. 그러면 이 밤이 끝나지 않고 아침도 오지 않을 수 있으련
만. 찰리 형은 우리가 여기서 빌린 시간을 산다는 말을 가끔
했다. 난 더는 시간을 빌리고 싶지 않다. 내일이 오지 않도록,
새벽이 밝지 않도록 시간이 멈추면 좋겠다.

다시 시계 소리를 듣는다. 찰리 형의 시계에 귀를 댄다. 여
전히 째깍째깍. 듣지 마, 토모. 보지 마. 생각하지 마. 오직 기
억만 해.

* * *

"정지! 앞을 봐라, 피스풀. 이 바보 자식!"

"배는 넣고 가슴은 내밀고, 피스풀!"

"그 진흙탕에 엎드려라, 피스풀. 너한테는 거기가 딱이야,
더러운 벌레 자식. 엎드려!"

"맙소사, 피스풀. 요즘은 이런 놈들밖에 못 보내는 거야?
벌레 같은 자식. 벌레보다 못한 놈, 내가 널 군인으로 만들어
놓겠다."

우리가 처음 프랑스에 왔을 때, 에타플 연병장에서 '무시무
시' 헤인리 상사가 내뱉은 욕설 중 가장 많이 나온 말은 '피스
풀'이었다. 물론 부대에는 피스풀이 두 명이 있긴 했지만 그
때문만은 아니었다. 처음부터 헤인리 상사는 찰리 형에게 반감
을 가졌다. 찰리 형이 나머지 우리들처럼 고분고분하지 않기

때문이었다. 찰리 형은 우리들처럼 헤인리 상사를 무서워하지 않았다.

프랑스의 에타플에 가기 전까지 찰리 형과 나를 포함해서 우리 모두는 느긋하게 지냈다. 병사 생활을 순조롭게 익혔다. 사실 몇 주간 웃고 떠들기만 했다. 엑서터행 기차에서 찰리 형은 우리가 쉽게 쌍둥이로 보일 거라고 말했다. 이제부터 내가 걸음걸이에 유의하고 목소리를 굵게 내고, 열일곱 살처럼 행동해야 된다고 말했다. 때가 되어 연대 집결지의 모병 담당자 앞에서 나는 최대한 꼿꼿하게 섰다. 내 목소리 때문에 들통이 나지 않게 찰리 형이 대신 말했다.

"저는 찰리 피스풀이고, 여기는 토머스 피스풀입니다. 저희는 쌍둥이고 자원합니다."

"생일은?"

"10월 5일입니다."

찰리 형이 대답했다.

"둘 다?"

모병 담당 상사가 물었다. 그가 날 쳐다보는 것 같았다.

"당연합니다. 제가 동생보다 한 시간 먼저 태어났거든요."

찰리 형이 거짓말을 술술 늘어놓았다. 쉽게 넘어갔다. 우리는 입대했다.

그들이 준 군화는 뻣뻣하고 너무 컸다. 더 작은 사이즈의 군화는 없었다. 그래서 찰리 형과 나를 비롯해 신참들은 어릿

광대처럼 쿵쿵대며 걸었다. 양철 모자를 쓰고 카키색 옷을 입은 어릿광대 같았다. 군복도 맞지 않아서 우리는 옷을 맞바꾸어서 몸에 맞는 옷을 찾았다. 수백 명의 낯선 병사들 중에 고향 사람이 몇 명 있었다. 귀가 튀어나오고 체구가 왜소하며, 돌턴에 있는 아버지 농장에서 순무를 키우던 니퍼 마틴. 그는 듀크 술집에서 나인핀스 게임(아홉 개의 핀을 맞히는 게임―옮긴이)을 귀신같이 잘했었다. 피트 보비도 있었다. 역시 돌턴 출신으로 초가지붕을 얹고 사과주를 마셨다. 얼굴이 붉고 손이 삽 같았는데, 우리는 그가 이데슬레이 마을에서 높은 지붕에 올라가 짚단을 밟는 광경을 자주 보았다. 또 우리랑 같이 학교에 다닌 레스 제임스도 있었다. 마을에서 쥐와 벌레를 잡는 밥 제임스의 아들이었다. 그는 쥐와 벌레를 다루는 아버지의 재주를 물려받았고, 다음 날 비가 올지 안 올지 알아맞힐 수 있다고 늘 주장했다. 레스는 항상 알아맞혔다. 그는 한쪽 눈을 깜빡거려서, 나는 수업 중에 계속 그를 쳐다보았다.

솔즈베리 평원의 훈련 캠프에서 늘 붙어 지냈기에 다들 빨리 서로 알아 갔지만, 꼭 서로를 좋아하는 것은 아니었다. 좋아하게 된 건 나중이었다. 또 우리의 역할도 알게 되었다. 우리가 병사라고 믿는 법도 익혔다. 우리는 카키색 군복을 입는 법(내가 소망하던 진홍색 제복은 입지 못했다.)과 양말을 꿰매는 법, 단추와 배지와 군화를 닦는 법을 배웠다. 발을 맞춰 행진하는 법과 서로 부딪치지 않고 도는 법, 장교를 볼 때마다 고개를 똑바로 들고 경례하는 법도 배웠다. 우린 무슨 일을 하든지 박자에 맞춰 다 같이 했다. 레스 제임스만 예외였다. 그는 다른 사람들과 박자를 맞춰서 팔을 못 흔들었다. 상사와 상등병들이 아무리 윽박질러도 소용없었다. 그는 팔다리를 다른 사람들과 맞추지 못하고 엇갈리게 흔들었다. '왼발'을 두 번 했다고 아무리 혼이 나도 신경 쓰지 않는 듯했다. 그러면 우리는 웃음을 터뜨렸다. 초기에 우리는 많이 웃었다.

우리는 소총, 배낭, 참호용 삽을 받았다. 무거운 배낭을 지고 언덕을 뛰어오르는 법과 똑바로 사격하는 법을 배웠다. 찰리 형은 배울 필요가 없었다. 소총 사격에서 형은 우리 팀에서 가장 멀리까지 잘 쏘았다. 찰리 형이 빨간 명사수 배지를 받자 나는 형이 정말 자랑스러웠다. 형도 무척 기뻐했다. 총검을 갖고 훈련했지만 여전히 가상 연습이었다. 우리는 아는 욕설을 내뱉으며, 허수아비를 향해 달려들어야 했다. 나는 욕설을 많이 몰랐지만 총검을 최대한 꽂으면서 욕설을 내뱉고 독일군을 저주했다. 우리는 배운 대로 독일군을 찌르고 칼날을 돌려서 빼냈다.

"배를 겨냥해라, 피스풀. 거기서 망설일 게 없다. 찌르고, 돌리고, 뺀다."

군대의 모든 것은 줄을 맞춰서 이루어져야 했다. 우리는 줄줄이 늘어선 막사에서 잤고, 줄줄이 놓인 변기에 앉았다. 화장실 역시 사적인 공간이 아니라는 것을 난 금방 알게 되었다. 사실 이제는 어디에도 사적인 공간은 없었다. 우리는 매일, 매 순간을 함께 살았고, 보통은 줄지어서 지냈다. 면도를 할 때도, 음식을 먹을 때도, 검사를 받을 때도 줄을 섰다. 참호를 팔 때도 줄지어 파야 했다. 참호들을 한 줄로 반듯하게 파야 했고, 재빨리 파야 했다. 한 팀으로 다른 팀과 경쟁해야 했다. 우리는 땀을 쏟았고 등이 아팠고, 손에는 항상 물집이 잡혀 있었다.

상병들은 소리쳤다.

"더 빨리! 더 깊게! 머리통이 날아가는 꼴을 당하고 싶으냐, 피스풀?"

"아닙니다, 상병님."

"불알을 날려 버리고 싶으냐, 피스풀?"

"아닙니다, 상병님."

"그럼 파라, 게으른 거지새끼들. 전쟁터에 나가면 너희가 숨을 데는 망할 놈의 땅속 참호밖에 없으니 파란 말이다. 포탄이 날아들면, 내 장담컨대 더 깊이 팔걸 하고 후회할 것이다. 더 깊이 팔수록 더 오래 목숨을 부지한다. 난 안다, 거기 나가 봤으니까."

장교들과 상사들이 참호전의 고생스러움과 위험성에 대해 아무리 말해도, 우리 모두는 의상을 입은 배우들처럼 일종의 연습을 한다고 믿었다. 우리는 맡은 역할을 하고, 배역에 맡는 옷을 입어야 했지만 결국 이것은 연극에 불과했다. 우리는 그렇게 믿었다. 그렇게 말하면 그런 게 되니까. 하지만 사실 우리는 그 이야기를 많이 하지 않았다. 마음 속 깊이 다들 알았고, 모두 떨었기 때문에 부정하거나 연기하려 애썼을 것이다. 아니면 그 둘 다였거나.

언덕에서 훈련을 받을 때가 기억난다. 어느 날 새벽 해가 뜰 때 언덕에 누워 있는데, 불쑥 피트가 일어나 앉았다. 그가 말했다.

"저 소리, 들려? 총소리야. 저기 바다 건너 프랑스에서 진짜 총소리가 나는데."

우리는 일어나 앉아서 귀를 기울였다. 서로의 눈에서 갑작스런 두려움을 보았고, 왜 그러는지 알았다.

하지만 그날 오후 다시 역할 놀이로, 집단 전쟁 놀이로 돌아가서 머나먼 '적'의 숲을 공격했다. 호루라기 소리가 나자 우리는 참호에서 기어나와 총검을 들고 앞으로 걸어갔다. 그러다가 명령이 떨어지자 땅바닥에 몸을 날려, 풀이 높이 자란 바닥을 기었다. 배 밑의 땅은 아직 여름답게 따뜻하고 미나리아재비가 피어 있었다. 그때 몰리, 찰리 형, 고향 초원에 핀 미나리아재비가 생각났다. 내가 땅을 기어갈 때, 바로 앞에서 꽃가루를 잔뜩 먹은 벌이 여전히 꽃가루가 욕심나 클로버 사이를 날아다녔다. 내가 벌에게 말을 걸었던 기억이 난다.

"우린 비슷하구나, 벌아. 너는 짐을 몸 아래 지고 다니니 네 총은 엉덩이에서 튀어나오겠구나. 하지만 벌아, 너랑 나는 아주 비슷하구나."

벌은 이 말에 화가 났음이 분명했다. 저만치 날아가 버린 걸 보면. 나는 거기 팔꿈치를 괴고 엎드린 채 날아가는 벌을 보았다. 그러다 상병의 고함 소리에 퍼뜩 정신이 들었다.

"무슨 생각을 하는 건가, 피스풀? 소풍이라도 나온 줄 아나? 일어서!"

처음 군복을 입은 후 몇 주 간은 누구를 그리워할 짬이 없었다. 몰리까지도. 몰리와 엄마, 빅 조 생각을 자주 하긴 했다. 하지만 그저 머릿속에서 스쳐 갈 뿐이었다. 찰리 형과 나는 집 애기를 거의 안 했다. 어쨌거나 우리 둘만 있을 때가 없었다. 이즈음 대령을 저주하는 것조차 그만두었다. 이제 와서 그래 봤자 소용없는 짓 같았다. 대령이 저지른 짓은 미웠지만, 이미 일어난 일이었다. 이제 우리는 군인이었고, 지금까지는 그다지 나쁘지 않았다. 사실 일렬로 서고 호통을 듣긴 해도 장난 같았다. 꽤 재미난 장난. 찰리 형과 나는 명랑한 편지를 집에 보냈다. 형은 주로 몰리에게, 나는 엄마와 빅 조에게 편지를 썼다. 우리는 서로 자기 편지를 읽어 주었다. 아무튼 그 내용을 함께 나누고 싶었다. 우리가 있는 곳이나 훈련에 대한 내용은 쓰지 못했지만 가족에게 할 이야기가 많았다. 허풍을 떨 내용도 많았고 물어볼 말도 많았다. 우리는 가족에게 즐거운 시간을 보낸다고, 잘 먹고 잘 지낸다고 말했다. 대부분은 사실이었다. 하지만 프랑스행 배에 오른 순간 좋은 시절은 끝났다. 레스 제임스는 공기에서 폭풍우 냄새가 난다고 말했고, 늘 그렇듯 그의 말이 옳았다.

배에 탄 우리는 프랑스에 도착하기 전에 뱃멀미 때문에 차라리 죽고 싶었다. 찰리 형과 나를 포함해 대부분은 영국 해협의 치솟는 회색 파도는 물론이고 바다를 본 적도 없었다. 우리는 고통에서 풀려나기만을 바라며 술 취한 유령들처럼 갑판을 어슬렁댔다. 찰리 형과 내가 난간에 대고 토할 때, 선원이 다가와서 등을 힘껏 두드려 주었다. 그는 우리에게 이왕 죽을 거면 배 밑의 화물칸에서 말들이랑 같이 있는 게 훨씬 나을 거라고 말했다. 그래서 우리는 비척비척 통로를 내려가 배의 깊숙한 곳에 들어갔다. 우리가 기어 들어가서 짚단에 웅크리고 눕자, 겁먹은 말들은 누군가 같이 있는 게 행복한 듯 했다. 말들의 발에 너무 가까이 있어서 위험했지만, 속이 너무 안 좋아서 그런 건 상관없었다. 선원의 말이 옳았다. 배 아래쪽은 흔들림이 덜했고, 기름과 말똥 냄새가 코를 찔렀지만 우리는 곧 한결 나아지기 시작했다.

마침내 엔진이 완전히 멈추자 우리는 갑판으로 올라가, 생전 처음으로 프랑스를 바라보았다. 하늘 위를 나는 프랑스 갈매기는 나를 의심스럽게 내려다보았다. 고향에서 쟁기질을 하면서 본 갈매기들과 아주 비슷했다. 아래쪽 부두에서 들리는 말소리는 다 영어였다. 군복과 철모 모두 우리 것과 비슷했다. 트랩(배와 부두를 연결하는 널판―옮긴이)을 내려가 싱그러운 아침 공기 속으로 나아간 순간, 우리는 그들을 보았다. 부상병들이 줄줄이 선창가를 걸어 우리 쪽으로 오고 있었다. 일부는 눈에 붕대를 처매고, 앞 사람의 어깨에 매달려 걸었다. 들것에 실린 병사들도 있었다. 한 사람은 바싹 마른 창백한 입술에 담배를 물고, 퀭한 누런 눈으로 날 올려다보았다. 우리가 지나갈 때 그가 외쳤다.

"행운을 빌어. 놈들을 혼내 주라고."

나머지 부상병들은 말없이 바라보는 것으로 우리 각자에게 말을 걸었다. 우리는 줄지어서 도심을 빠져나갔다. 우리 모두는 장난 같은 역할 놀이가 끝났다는 것을 그제야 알았다. 그 순간부터 아무도 이 일의 심각성을 의심하지 않았다. 여기서 우리는 목숨을 걸고 움직이고 죽는 사람도 여럿일 터였다.

혹시 누군가 망상을 품었더라도, 에타플의 넓은 연병장을 처음 본 순간 없어져 버렸을 것이다. 캠프는 끝이 안 보일 정도로 멀리 쭉 뻗어 있었다. 막사들의 도시 같았고, 쳐다보는 곳마다 훈련 중인 병사들이 보였다. 그들은 전진하고, 방향을 바꾸고, 기고, 뒤로 돌고, 경계를 하고, 팔을 흔들었다. 내 평생 그렇게 많은 사람이 북적이는 것은 처음 보았다. 그렇게 웅성대는 소리도 처음 들었다. 명령을 외치는 고함 소리와 날카로운 욕설이 메아리쳤다. 우리가 처음으로 '무시무시' 헤인리 상사를 만난 것도 그때였다. 그는 앞으로 몇 주간 우리를 괴롭히고 고문할 상사로, 우리의 생활을 비참하게 만들기 위해 무슨 짓이라도 할 위인이었다.

헤인리 상사를 본 순간부터 다들 그를 두려워하며 생활했다. 헤인리 상사는 덩치가 크지는 않았지만, 매 같은 눈으로 우리를 노려보았고, 채찍을 휘두르는 것처럼 윽박지르는 소리는 우리를 겁먹게 만들었다. 우리는 바짝 얼어서 그가 시키는 대로 했다. 그게 살 수 있는 유일한 방법이었다. 아무리 여러 번 돌을 담은 배낭을 지고 언덕을 구보하게 해도, 아무리 여러 번 차가운 진흙 바닥에서 구르게 해도 우리는 '무시무시' 헤인리 상사의 명령에 따랐다. 다른 것은 몰랐다. 반항하고 불평하고, 말대꾸를 하고, 그의 눈을 쳐다보기만 해도 그의 분노를 살 뿐이었고, 훨씬 더 심한 벌을 받을 터였다. 찰리 형이 당하는 것을 봐서 잘 알았다. 찰리 형은 상사의 가벼운 농담에 호응하지 않았다. 애초에 곤란을 겪게 된 것도 그 때문이었다.

일요일 아침 우리는 교회로 행진하기 전에 검사를 받는 중이었다. 헤인리 상사는 찰리의 모자 배지를 흠잡았다. 배지가 비뚤다고 했다. 헤인리는 찰리 형과 코를 맞대고 고함을 질러댔다. 나는 찰리 형 뒤에 서 있었지만, 거기서도 상사의 침이 튀는 것을 느낄 수 있었다.

"네가 뭔지 아나? 넌 조물주의 실패작이다, 피스풀! 네가 뭐라고?"

찰리 형은 잠시 생각에 잠기더니 또렷하고 단호한 목소리로 두려워하지 않고 대답했다.

"전 여기 있는 게 행복합니다, 상사님."

헤인리 상사는 경악한 표정을 지었다. 우리 모두 상사가 원하는 대답을 알았다. 그가 다시 물었다.

"너는 조물주의 실패작이다. 네가 뭐라고?"

"말씀드렸듯이 저는 여기 있는 게 행복합니다, 상사님."

찰리 형은 헤인리 상사의 놀이에서 그에게 만족감을 주지 않았다. 헤인리가 아무리 다그쳐도, 아무리 큰 소리로 윽박질러도 말려들지 않았다. 덕분에 찰리 형은 남들보다 보초 근무를 더 서야 했고, 밤마다 거의 잠을 못 잤다. 이후에도 헤인리 상사는 누그러들지 않았고, 찰리 형을 괴롭히고 벌줄 기회를 놓치지 않았다.

몇몇 팀원은 찰리의 행동을 못마땅해했다. 피트도 그중 하나였다. 그는 찰리 형이 불필요하게 헤인리를 자극해서 나머지 병사들까지 힘들게 만든다고 말했다. 팀원들에게 말은 안 했지만, 나도 절반은 동의했다. 물론 찰리 형에게도 그런 말은 하지 않았다. 헤인리가 우리 팀에게 유독 고약하게 구는 것은 사실이었다. 찰리 형에게 앙심을 품어서 그런 것 같았다. 찰리 형은 헤인리 상사의 고약한 성질을 신랄하게 비판했고, 그 고약한 성질은 찰리 형뿐 아니라 우리 모두에게 향했다. 찰리 형은 팀에서 골칫거리로 인식되었다. 요나(성서에 나오는 인물로 재앙을 불러 온다.—옮긴이) 같다고 할까. 아무도 찰리 형에게 그렇게 말하지 않았다. 다들 찰리 형을 무척 좋아하고 존경했지만, 피트와 레스와 니퍼 마틴은 내게 조용히 와서 형과 이야기를 좀 하라고 요구했다. 나는 최선을 다해 형에게 경고했다.

"헤인리 상사는 학교 다닐 때 머닝스 교장과 비슷해, 형. 우리의 주인님이라고. 기억하지? 여기서는 헤인리가 우리의 주인님이야. 그와 맞서면 안 돼."

"그렇다고 벌벌 기면서 우리를 짓밟는 대로 내버려 둬야 되는 건 아니지. 난 괜찮을 테니까 두고 봐. 너나 잘해. 뒤를 조심하라고. 놈이 널 보고 있어, 토모. 내가 그러는 걸 봤어."

참으로 찰리 형다운 대응이었다. 나는 경고하려 했지만, 형은 모든 것을 되돌려서 내게 경고하는 것으로 끝냈다.

더러운 총구가 불꽃을 튀기에 충분했다. 이제 와 생각해 보면, 헤인리 상사가 찰리 형을 자극하려고 일부러 그랬음이 분명하다는 걸 알겠다. 그즈음 내가 찰리의 동생이며 입대하기에 한 살이 어리다는 것을 다들 알았다. 우리는 오래 전에 쌍둥이 흉내를 포기했다. 고향이 같은 피트, 레스, 니퍼를 처음 만난 후, 그 부분을 정확히 할 수밖에 없었다. 또 그 무렵에는 그게 큰 문제가 되지 않았다. 연대에 입대 연령보다 어린 병사가 수십 명 있었고 모두 그것을 알았다. 어쨌든 최대한 많이 남자를 모아야 했으니까. 다른 병사들은 나를 놀려 댔다. 턱이 아기 궁둥이처럼 매끈해서 면도할 필요가 없겠다며 꽥꽥대는 목소리라고 놀렸다. 하지만 다들 찰리 형이 나를 지켜 준다는 것을 알았다. 놀림이 과해지면 찰리 형이 쳐다보았고, 그러면 놀림도 그쳤다. 형은 나를 아기 취급하지 않았지만, 무슨 일이 벌어지든 나를 지키리란 것을 누구나 알았다.

헤인리 상사는 못되게 굴었지만 멍청이는 아니었다. 그도 그것을 감지했음이 분명했다. 나까지 괴롭히기 시작한 것도 그 때문이었다. 나는 학교에 다니면서 교장이 주는 비슷한 벌을 많이 참아 봤다. 하지만 '무시무시' 헤인리는 자기 반 학생을 고문했다. 그는 나를 걸고 넘어질 이유를 줄줄이 찾아내서 벌을 주었다. 남들보다 많은 훈련을 받고 보초를 서느라 난 금방 지쳤다. 몸이 지칠수록 실수가 많아졌고, 실수가 많아질수록 헤인리는 더 벌을 내렸다.

어느 날 아침, 훈련을 받으면서 3열로 서서 부동자세를 취하던 중 그가 내 소총을 잡았다. 헤인리는 총구를 보면서 '더럽다'고 말했다. 나는 어떤 벌인지 알았고 팀원 모두 알았다. 총을 머리 위로 들고 연병장을 다섯 바퀴 구보하는 벌이었다. 겨우 두 바퀴 돌았는데 더 이상 총을 머리 위로 들 수가 없었다. 팔꿈치가 구부려지자 헤인리는 호통을 쳤다.

"총을 내릴 때마다 벌이 다시 시작된다, 피스풀. 다섯 바퀴 더 돌아라, 피스풀."

머리가 빙빙 돌았다. 이제 나는 뛰지 않고 비틀거렸고, 똑바로 서 있을 수가 없었다. 등이 아파서 화끈거렸다. 총을 머리 위로 들 힘이 없었다. 고함 소리를 들은 기억이 난다. 찰리 형이었고, 나는 형이 왜 소리치는지 궁금했다. 그러다 정신을 잃었다. 막사에서 깨어나니, 팀원들이 어떻게 된 일인지 말해 주었다. 찰리 형이 대열에서 나와 소리를 지르며 헤인리에게 달려들었다. 형은 헤인리 상사를 때리지는 않았지만, 생각을 그대로 말해 버렸다. 동료들은 멋진 일이었다고, 찰리가 말을 마치자 다들 환호했다고 말했다. 하지만 찰리 형은 체포당해 영창에 끌려갔다.

다음 날 비가 많이 내리는데, 찰리 형이 벌 받는 것을 보기 위해 대대 전체가 모였다. 형은 끌려 나와 매를 맞았다. '야전 체벌 1항'이라고 했다. 준장이 말에 올라타고, 우리 모두에게 경고가 될 거라고 말했다. 피스풀 이등병은 운이 좋았다고, 전쟁 중의 불복종은 하극상으로 총살당할 수도 있다고. 온종일 찰리 형은 빗속에서 다리와 팔을 벌리고 서서 채찍질을 당했다. 우리가 지나갈 때 형은 내게 미소 지었다. 나도 웃어 주려 했지만 웃음이 아니라 눈물이 났다. 내 눈에 찰리 형은 고향의 교회에 있는 십자가에 매달린 예수 같았다. 그러자 주일학교에서 부르던 찬송가 〈죄 짐 맡은 우리 구주〉가 떠올라, 행진하면서 눈물을 감추려고 속으로 불렀다. 과수원에 빅 조의 쥐를 묻었을 때 몰리가 그 노래를 부른 일이 기억났다. 그러자 나도 모르게 가사를 예수 대신 찰리로 바꿔 불렀다. 소리 나지 않게 부르면서 행진했다.

"죄 짐 맡은 우리 찰리, 어찌 좋은 친군지……."

3시 1분

깜빡 졸았다. 소중한 몇 분을 잃어버렸다. 얼마나 되는지 모르지만, 돌려받을 수 없는 시간이다. 이제는 잠을 이길 수 있을 만도 하다. 참호에서 망을 볼 때 많이 졸렸지만 당시는 추위나 두려움 때문에 깨어 있었다. 잠에 빠져서 따뜻한 허공 속에 빠져드는 그 순간이 그립다. 참아, 토모. 버텨. 이 밤이 지나면 너는 빠져들 수 있어. 영원히 잘 수 있다고. 다시는 그 무엇도 중요하지 않을 테니까. 〈오렌지와 레몬〉을 불러. 어서 노래를 불러. 빅 조처럼 반복해서 부르라고. 그래야 깨어 있을 수 있어.

오렌지와 레몬, 성 클레멘트의 종소리가 말하네.

나한테 닷 푼 빚졌다, 성 마틴의 종소리가 말하네.

언제 돈을 줄 거냐? 올드 베일리의 종소리가 말하네.

부자가 되면, 쇼어디치의 종소리가 말하네.

언제 그렇게 되는데? 스테프니의 종소리가 말하네.

나도 모르지, 보우의 거대한 종소리가 말하네.

여기 침대까지 밝혀 줄 초가 있다.

또 여기 네 머리를 자를 사람이 온다.

* * *

우리가 전선으로 나갈 거라는 말에 다들 안도한다. 모두들 에타플과 헤인리 상사와의 영원히 작별하게 되길 기대한다. 우리는 프랑스를 떠나 벨기에로 진군하면서 노래를 부른다. 월크스 소대장은 우리가 노래하는 것을 좋아한다. 노래가 사기에 도움이 된다는 소대장의 말이 옳다. 노래를 부를수록 더 흥겨워진다. 포탄 공격을 받은 마을들을 지나가고, 야전병원들 앞에 놓인 빈 관들을 보는데도 노래를 부르면 즐거워진다. 소대장은 고향인 솔즈베리에서 합창단 지휘자 겸 선생님이었기 때문에 뭘 어떻게 할지 잘 안다. 우리가 참호에 도착했을 때도 소대장이 뭘 어떻게 할지 잘 알면 좋겠다. 그와 '무시무시' 헤인리 상사가 같은 군대이고, 같은 편이라는 게 도무지

믿기지 않는다. 우리에게 그런 친절과 배려를 베푼 사람은 만난 적이 없다. 찰리 형은 그가 사람을 대접할 줄 안다고 말한다. 그래서 우리도 그를 똑같이 대접한다. 기회 있을 때마다 골탕 먹이는 니퍼 마틴만 빼고. 니퍼는 종종 못되게 군다. 내 끽끽대는 목소리를 계속 놀리는 사람도 니퍼밖에 없다.

"기가 죽었나? 아니다! 그러면 목소리를 높여서 다 같이 노래하자. 풀이 죽었나? 아니다."

우리는 다시 힘찬 발걸음으로 행진하면서 노래한다. 노래가 끝나고 착착 맞는 발소리만 나면, 찰리 형이 〈오렌지와 레몬〉을 부르기 시작하고 다들 웃음을 터뜨린다. 소대장도 웃는다. 나도 노래를 부르고 곧 다 함께 노래한다. 우리가 그 노래를 부르는 이유는 물론 아무도 모른다. 우리 형제만의 비밀이고, 노래하면서 찰리 형이 빅 조와 집을 생각한다는 것을 난안다. 나도 마찬가지니까.

소대장은 우리가 가는 지역이 한동안 조용했으며 사정이 그리 나쁘지 않을 거라고 알려 준다. 그렇다니 다행이지만, 솔직히 큰 상관은 없다. 우리가 방금 빠져나온 곳보다 못한 곳은 없을 테니까. 우리는 중포들을 갖춘 포병 중대 앞을 지난다. 포병 대원들이 테이블에 둘러앉아 카드놀이를 하고 있다. 총포들은 적을 향해 총구를 들이댄 채 조용하다. 총구들이 향한 곳을 봐도 적군은 보이지 않는다. 지금껏 내가 본 적군은 초라한 포로들뿐이다. 우리가 행진할 때 그들은 진흙투성이 회색 군복을 입고 나무 아래서 비를 피하고 있었다. 몇 명은 미소를 지었다. 한 명은 손을 흔들며 "헬로, 토미!"라고 외치기까지 했다.

"저 포로가 너한테 말을 거는데."

찰리 형이 웃으면서 말했다. 그래서 나도 손을 흔들었다. 그들은 더 지저분한 것만 다를 뿐 우리랑 똑같아 보였다.

멀리서 비행기 두 대가 독수리처럼 원을 그리며 날아간다. 비행기들이 가까워지자 두 대가 맴도는 게 아니라 쫓고 쫓기고 있다는 것을 안다. 여전히 멀리 있어서 어느 비행기가 우리 편인지 구분되지 않는다. 우리는 더 작은 비행기를 우리 편으로 정하고 미친 듯이 환호한다. 불쑥 우리 편 비행기에 그날 초원에 착륙했던 노란 비행기의 조종사가 타고 있는 게 아닐까 궁금해진다. 비행기들을 보자니 그 조종사가 우리에게 준 사탕 맛이 느껴진다. 햇빛 속에서 비행기가 보이지 않더니, 작은 비행기가 나선형을 그리며 곤두박질친다. 곧 우리는 환호를 멈춘다.

휴식 캠프에서 우리는 첫 편지를 받았다. 찰리 형과 나는 막사에 누워서 편지들을 줄줄 외울 때까지 읽고 또 읽는다. 둘 다 엄마와 몰리에게서 편지를 받았다. 편지마다 아래쪽에 빅 조가 엄지에 잉크를 묻혀 찍은 지문이 번져 있고, 비뚤비뚤하게 '조'라고 써 놓았다. 그걸 보자 우리는 빙그레 웃는다. 빅 조가 종이에 코를 박고 혀를 빼물고 글씨를 쓰는 광경이

그려진다. 엄마는 '큰 집'의 대부분이 장교용 병원으로 바뀌고 있으며 늑대 할멈이 전보다도 설친다고 전해 준다. 몰리는 이제 늑대 할멈은 낡은 검은 모자 대신 챙이 넓은 밀짚모자를 쓰고 흰 타조 깃털을 달고 있다고 알린다. 귀부인이라도 되는 듯이 늘 미소 짓는다나. 또 몰리는 내가 그립고, 가끔 약간 메스꺼운 것만 제외하면 잘 지낸다고 썼다. 전쟁이 얼른 끝나서 다 같이 다시 지낼 수 있으면 좋겠다고. 조의 지문이 사방에 번져서 나머지 내용이나 그녀의 이름을 읽을 수가 없다.

저녁 때 캠프 밖 외출 허가가 떨어지자 우리는 가장 가까운 마을로 간다. '포페링헤'라는 마을인데 모두 '포프'라고 부르는 것 같다. 월크스 소대장은 거기에 작은 술집이 있다고 말해 준다. 거기에선 영국 바깥에서 최고의 맥주를 마실 수 있고 세계 최고의 훌륭한 달걀과 감자튀김을 먹을 수 있다고 한다. 과연 그 말이 맞다. 피트, 니퍼, 레스, 찰리 형과 나는 달걀과 감자튀김과 맥주를 먹어 댄다. 우연히 발견했으며 다시는 못 찾을 오아시스에서 배를 채우는 낙타 떼 같다.

식당에서 일하는 아가씨가 접시를 치우면서 내게 미소를 짓는다. 식당 주인은 늘 말쑥하게 옷을 입고, 수염만 없는 산타클로스처럼 뚱뚱하고 쾌활한 사람인데, 그의 딸이다. 모든 게 반대인데 그녀가 주인장의 딸이라니 믿기 힘들다. 아가씨는 요정 같이 곱게 생겼다. 그녀가 내게 미소 짓는 것을 니퍼가 알아채고, 짓궂은 농담을 한다. 아가씨가 그것을 알고 가 버린다. 하지만 난 그녀의 미소를 잊지 못한다. 달걀과 감자 튀김과 맥주도 못 잊는다. 찰리 형과 나는 대령과 늑대 할멈을 위해 거듭 건배한다. 그들이 불행과 괴로움을 겪기 바라고, 그들에게 딱 어울리는 괴물 같은 자식들을 낳기를 기원한다. 그런 다음 우리는 비틀대며 캠프로 돌아간다. 난 생전 처음으로 제대로 취하고 나 자신이 기특하다. 누우니 빙글빙글 돌면서, 들어가기 무서운 검은 심연 속으로 빨려들 것 같다. 정신을 차리려고, '포프'의 술집에서 본 아가씨를 떠올리려고 애쓴다. 하지만 그녀를 생각할수록 몰리만 보인다.

엄청난 총성에 정신이 든다. 우리는 막사에서 기어 나와 밤 속으로 나간다. 지평선을 따라 하늘이 환하다. 누가 포격을 하든, 아군이든 적이든 엄청나게 퍼붓는다.

"독일 놈들이군."

어둠 속에 내 옆에 선 소대장이 말한다.

다른 사람이 말한다.

"가여운 녀석들. 오늘 밤 우리가 이프르에 있지 않길 다행이군."

우리는 천막으로 돌아가서 담요를 덮고 누워, 우리가 총격을 당하지 않은 데 감사한다. 하지만 우리가 당할 때가 온다는 것을, 곧 그러리란 것을 다들 안다.

다음 날 저녁 우리는 전선으로 올라간다. 오늘 밤에는 큰 총성은 나지 않지만, 앞에서 가끔 소총과 기관총 소리가 나면서 어둠 속에서 빛이 번뜩인다. 이제 가까이 왔다는 것을 우리는 안다. 도로가 우리를 땅속으로 데려가는 것 같다. 결국 도로는 끊기고 천장이 없는 터널 같은 게 나온다. 교통호(참호와 참호 사이를 안전하게 다닐 수 있게 파 놓은 호―옮긴이)다. 이제 우리는 조용히 해야 한다. 속삭이는 말도, 단 한 마디도 해서는 안 된다. 독일군 기관총이나 박격포 포격수들에게 들키면 우리는 끝이다. 그래서 속으로 욕설을 중얼대며 살그머니 진흙탕 속에서 미끄러진다. 넘어지지 않으려고 서로서로 붙잡는다. 일렬로 선 병사들이 다른 쪽에서 다가와 우리를 지나간다. 검은 눈이 쑥 들어가고 지쳐 보인다. 물을 필요도 없다. 대답을 들을 필요도 없다. 귀신에 씐 듯한, 넋 나간 눈빛이 모든 것을 말해 준다.

마침내 우리의 참호가 나온다. 우리 모두 그저 자고 싶을 뿐이다. 길고 추운 행군이었다. 달콤한 뜨거운 차를 마시고 눕는 것, 내가 원하는 것은 그뿐이다. 하지만 찰리 형과 함께 나는 보초 임무를 맡는다. 철책 사이로 황무지와 적의 참호쪽을 감시하는 것은 처음이다. 우리의 전선에서 2백 미터도 안 되는 곳에 적의 참호들이 있다. 여전히 밤이다. 기관총 소리가 나자 나는 곧 엎드린다. 걱정할 필요가 없었다. 아군이 발포했으니까. 난 공포감에 짓눌리고 정신이 없다. 한순간 공포감이 젖은 발과 언 손의 고통을 밀어낸다. 곁에 있는 찰리 형이 느껴진다.

"밀렵하기 좋은 밤이네, 토모."

형이 속삭인다. 어둠 속에서 형의 미소가 보이고, 곧 내 두려움은 없어진다.

소대장의 말처럼 과연 조용하다. 나는 매일 독일군이 우리를 폭격하기를 기다리지만 그런 일은 없다. 그들은 전선 위쪽의 이프르를 폭격하느라 바빠서 우리를 신경 쓰지 못하는 것 같다. 하긴 아쉬운 일이라 말할 수는 없다. 쌍안경으로 볼 때마다 회색 무리가 황무지를 지나 우리 쪽으로 오는 광경을 기대하지만 아무도 오지 않는다. 실망스럽기까지 하다. 이따금 저격병의 발포 소리가 들린다. 그래서 밤에 참호 속에서 담배를 피울 수 없다. 소대장 말마따나 '머리통이 날아가는 꼴을 당하기 싫다면' 말이다. 우리 포병대가 가끔 독일군 참호에 포 한두 발을 떨어뜨리고 그쪽에서도 그런다. 처음에는 어느 쪽의 포든 그때마다(우리 포는 종종 중간에 떨어진다.) 놀랍고 겁이 났다. 우리 모두 공포에 질렸지만, 시간이 지나자 익숙해져서 신경을 덜 쓴다.

우리 참호와 방공호는, 앞서 있던 하이랜드(영국 스코틀랜드의 북부 지역—옮긴이) 출신의 병사들이 어지럽혀서 지저분하다. 그래서 우리는 새벽에 대기하거나, 차를 끓이거나 자지 않을 때면 청소해야 한다. 윌크스 소대장(이제 우리는 그를 '윌키'라고 불렀다.)은 깔끔을 떠는 성격이다. 그는 '쥐 떼 때문'이라고 말한다. 이번에도 곧 그의 말이 맞다는 것이 증명

된다. 처음 쥐들을 발견한 사람은 바로 나! 나는 허물어진 참호 벽을 손보기 시작하라는 지시를 받는다. 삽을 쑥 넣으니 쥐 소굴이 열린다. 쥐 떼가 쏟아져 나와 내 군화 위로 쭈르르 지나간다. 나는 한순간 겁이 나서 몸을 움츠리다가 진흙 바닥을 마구 밟지만 한 마리도 죽이지 못한다. 그 후 우리는 사방에서 쥐를 본다. 다행히 우리 소대에는 쥐 소탕 전문가인 레스가 있다. 이제 레스는 밤낮 가리지 않고 쥐가 나타나는 곳마다 불려 가지만 싫어하지 않는다. 그는 쥐를 잡다 보면 고향에 있는 기분이 든다고 말한다. 레스는 쥐들의 성향을 잘 알아서 매번 죽인다. 그리고 죽은 쥐를 의기양양하게 황무지에 내던진다. 한참 후 쥐들은 레스라는 호적수를 만났다는 것을 아는지 우리 참호에서 떠났다.

하지만 일상생활의 저주라 할 수 있는 이는 각자 처리해야한다. 우리는 담뱃불로 이를 태워야 한다. 이는 장소를 가리지 않고 산다. 살이 접히는 곳이며 옷 주름 속에도 산다. 목욕을 해서 이를 씻어 내고 싶고, 무엇보다도 다시 따뜻함과 보송보송함을 맛보고 싶다.

우리의 가장 큰 적은 쥐나 이가 아니라 끝없이 내리는 비다. 참호 바닥에 빗물이 개천처럼 흘러, 결국 진흙투성이 시궁창으로 변해 악취가 풍긴다. 끈적한 진흙 악취는 우리 몸에 달라붙어 우리를 쭉 빨아들이려는 것 같다. 여기 온 후로 늘발이 축축하다. 축축한 상태에서 잠이 든다. 축축한 상태에서 잠이 깨고, 젖은 옷 속으로 추위가 스며들어 뼈가 쑤신다. 잠만이 진짜 위로를 안겨 준다. 잠이랑 음식! 맙소사, 다들 이 두 가지를 얼마나 좋아하는지. 새벽녘에 월키는 부대원 사이를 누비면서 여기서 말을 걸고 저기서 미소를 짓는다. 그는 우리를 계속 나아가게 만든다. 목표를 향해 계속 가게 한다. 그는 두렵더라도 내색하지 않는다. 그게 용기라면 우리도 용기를 내는 법을 배우기 시작하고 있다.

하지만 찰리가 없으면 우리는 견디지 못할 것이다. 우리를 하나로 묶고, 싸움을 말리는(이제 제한된 공간에서 부딪치니 자주 싸움이 벌어진다.) 사람이 찰리 형이다. 형은 모두에게 맏형이 되었다. 헤인리 상사에게 야전장에서 벌을 받으면서도 웃으면서 견딘 찰리이기에, 부대에서 그를 존경하지 않는 병사가 없다. 친동생인 나는 형의 그늘 속에서 사는 기분을 느낄 수 있겠지만, 전에도 지금도 그런 적이 없다. 나는 형의 광채 속에서 산다.

우리는 며칠 더 힘든 날을 보낸다. 다들 안락한 휴식 캠프를 간절히 소원한다. 하지만 휴식 캠프에서도 상관들은 우리를 끝없이 움직이게 한다. 장비를 닦고 행군을 한다. 반복해서 검사를 받고, 다시 화생방 훈련을 받는다. 줄기차게 내리는 비를 감당할 도랑과 배수로를 계속 파야 한다. 하지만 우리는 집에서 온 편지를 받는다. 몰리와 엄마는 우리 둘에게 편지와 손뜨개질한 목도리, 장갑, 양말을 보내 준다. 우리는 도로 아래쪽 헛간에 큰 통들을 들여놓고 공동으로 목욕을 한다. 무엇보다 좋은 것은 '포프'의 술집에서 달걀과 감자튀김을 곁들여 맥주를 마시는 것이다. 거기엔 크고 아름다운 눈을 가진 예쁘장한 아가씨도 있다. 하지만 그녀는 날 항상 알아보는 게 아니다. 그녀가 알아봐 주지 않으면 난 술을 더 많이 마시면서 슬픔을 삼킨다.

우리가 참호 속에 있을 때 이번 겨울의 첫눈이 내린다. 눈이 내리자 얼어붙을 만큼 춥고 진흙이 딱딱해진다. 물론 이것은 축복이다. 바람이 불지 않는다면, 이전보다 춥지 않고 적어도 젖은 발로 안 지내도 된다. 우리 구역에서는 상대적으로 총성이 잠잠하다. 지금까지 피해가 거의 없다. 저격병의 총탄에 한 명이 부상을 입었고, 두 명이 폐렴으로 입원했다. 한 명은 참호 때문에 만성 족염을 앓는데 모두 그런 증세가 있다. 듣고 읽은 것과 비교하면 우리는 가장 운 좋은 구역에 있는 셈이다.

우리가 정찰대를 파견해야 된다는 소문이 본부에 돌고 있다고 윌키 소대장이 말한다. 맞은편 전선에 어느 연대가 와 있는지, 병력은 어느 정도인지 파악해야 한다고 한다. 허구한 날 관측용 비행기들이 정찰하는데 우리가 왜 그래야 되는지는 모르겠다. 이제 매일 밤마다 차출된 네댓 명이 정찰대가 되어, 정보를 캐러 황무지로 나간다. 아무것도 알아내지 못하는 날이 많다. 물론 정찰을 좋아하는 병사는 없지만 지금까지

146

아무 해도 없었고, 가기 전에 럼주가 두 배로 배급되는 점이 좋다. 다들 술을 배급받고 싶어 한다.

곧 내 순서가 된다. 특별히 걱정되지는 않는다. 찰리 형이 같이 가고, 니퍼 마틴과 레스, 피트도 함께 간다. 찰리 형은 우리를 '완전무결 팀'이라고 부른다. 윌키 소대장이 정찰대를 이끌자 우리는 반긴다. 그는 우리가 다른 정찰대는 하지 않은 일을 완수해야 된다고 말한다. 우리는 심문할 포로 한 명을 데려와야 한다. 위에서 우리 각자에게 럼주 배급을 두 배로 준다. 술을 마시자마자 머리끝부터 발끝까지 몸이 따뜻해진다.

"바싹 붙어 있어, 토모."

찰리 형이 속삭인다.

우리는 참호 위로 올라가, 배를 땅에 대고 기어서 철책을 통과한다. 다들 스르르 앞으로 나간다. 적이 우리의 인기척을 들었을까 봐, 우리는 땅 구멍에 들어가 한동안 숨는다. 이제 독일 병사의 말소리와 웃음소리가 들린다. 유성기에서 음악 소리도 난다. 전에 보초를 설 때 듣긴 했지만 그때는 멀리서 나는 소리였다. 이제 적의 참호에 아주 가까워졌으니, 극도의 두려움을 느끼는 게 당연하다. 그런데 이상하게도 무섭기보다는 짜릿하다. 럼주 때문이겠지. 다시 밀렵에 나선 기분이다. 위험 때문에 긴장된다. 감당할 준비가 되어 있어서 무섭지는 않다.

황무지를 가로지르는 데 백 년이라도 걸리는 것 같다. 우리가 과연 적의 참호를 찾을 수 있을지 의심이 들기 시작한다. 그때 앞에 독일군 철책이 보인다. 우리는 몸을 꼼지락대서 철책 사이의 틈을 지난다. 아직 적에게 들키지 않고 적의 참호 속으로 들어간다. 아무도 없는 것 같지만 그럴 리가 없다. 여전히 사람들 말소리와 음악 소리가 들린다. 우리 참호보다 훨씬 깊고 넓다. 전체적으로 더 튼튼한 구조다. 나는 총을 단단히 쥐고, 동료들처럼 몸을 잔뜩 굽히고 찰리 형을 뒤쫓아 참호 속을 지나간다. 우리는 안 그러려고 애쓰지만 너무 소리를 많이 낸다. 왜 독일군이 우리의 기척을 못 듣는지 이해가 안 된다. 도대체 독일군 보초병은 어디 있을까? 앞쪽에서 우리에게 총을 흔드는 윌키 소대장이 보인다. 이제 앞쪽 방공호에서 불빛이 반짝인다. 사람들 소리와 음악 소리가 나는 곳이다. 소리로 볼 때 방공호 안에는 적어도 대여섯 명이 있다. 우리에게 필요한 건 포로 한 명뿐이다. 대여섯 명을 어떻게 다룬단 말인가?

그 순간 방공호 커튼이 열리고 불빛이 쏟아진다. 병사 하나가 어깨에 코트를 걸치면서 나왔고 커튼이 닫힌다. 그는 혼자고, 우리가 바라던 대로다. 그는 우리를 보지 못한 것 같다. 그러다가 우리를 본다. 그 순간 독일 병사는 아무것도 못 하고 우리도 마찬가지다. 우린 그냥 서서 서로 쳐다본다. 그가 그냥 손을 들고 우리랑 같이 가면 일이 한결 수월할 텐데. 하지만 독일 병사는 비명을 지르고 몸을 돌려, 커튼을 밀치고 다시 방공호로 들어간다. 누가 그의 등 뒤에 수류탄을 던졌는지 모르겠지만, 수류탄이 터지면서 나는 참호 벽으로 날아간다. 나는 깜짝 놀라 주저앉아 있다. 방공호 안에서 고함이 터지고 총소리가 나더니 조용해진다. 음악 소리도 이미 멈추었다.

일어나 보니 레스가 머리에 총을 맞고 옆으로 누워, 나를 빤히 보고 있다. 너무도 놀란 표정이다. 방공호 안에는 독일군 몇 명이 자빠져 있다. 한 명을 빼고 다 죽었다. 산 병사는 알몸으로 서서 벌벌 떤다. 그의 몸에 피가 마구 튀어 있다. 나도 벌벌 떤다. 독일 병사는 양손을 허공에 들고 흐느낀다. 윌키 소대장이 그의 몸에 코트를 걸쳐 주자, 피트가 방공호 밖으로 떠민다. 이제 돌아가고 싶어 안달이 난 우리는 뒤뚱뒤뚱 참호 밖으로 나오고, 독일 병사는 여전히 흐느낀다. 그는 겁이 나서 제정신이 아니다. 피트가 그만하라고 고함을 치지만, 흐느끼는 소리가 더 커진다. 우리는 소대장을 따라서 독일군 철책을 지나 달린다.

한동안 우리가 잘 해냈다는 생각이 들었지만, 불길이 공중으로 치솟더니 갑자기 주위가 대낮처럼 환해진다. 독일군의 조명탄은 우리 것보다 오래 타오르고, 훨씬 더 밝다. 우리가 훤히 보일 것이다. 땅바닥에 몸을 붙이고 눈을 감는다. 기도하면서 몰리를 떠올린다. 죽는다면 마지막엔 그녀를 생각하면 좋겠다. 하지만 아니다. 몰리 생각 대신 내가 아버지에게 한 짓을 용서해 달라고 빈다. 일부러 그런 게 아니라고. 우리 뒤에서 기관총이 발사되더니 소총의 사격도 시작된다. 숨을 데가 없어서 우리는 죽은 체한다. 조명이 꺼지기를 기다리는데 갑자기 다시 어두워진다. 윌키 소대장이 일어나라고 지시하고 우리는 계속 비틀대며 뛴다. 곧 조명탄이 더 많이 터지고, 기관총 사격이 다시 시작된다. 우리는 큰 구멍으로 뛰어들고, 얼음장을 깨고 물이 흥건한 바닥에 부딪친다. 그때 폭격이 시작된다. 우리가 독일군 전체를 깨우기라도 한 것 같다. 나는 독일 병사와 찰리 형과 악취 나는 물속에 웅크리고 있다. 포탄이 떨어지자, 우리 셋은 붙어 앉아 머리를 맞댄다. 이제 우리 쪽에서도 총을 쏘기 시작하지만 도움이 되지 않는다. 찰리 형과 나는 독일군 포로를 물 밖으로 끌고 나온다. 그가 혼잣말을 하는지 기도를 하는지 판단이 되지 않는다.

그때 땅 구멍 입구에 엎드린 윌키 소대장이 보인다. 지면과 너무 가까운 위치다. 찰리 형이 불러도 소대장은 대답이 없다. 찰리 형이 그에게 가서 몸을 돌려 눕힌다.

"다리에 맞았어. 다리를 못 움직이겠어."

나는 윌키 소대장이 속삭이는 소리를 듣는다. 그가 쓰러진 곳이 너무 눈에 띄어서, 찰리 형이 최대한 살그머니 땅 구멍 안쪽으로 끌어당긴다. 우리는 윌키 소대장을 편안하게 해 주려 애쓴다. 독일군 병사는 소리 내서 기도한다. 이제 난 그가 기도하는 줄 분명히 안다. '두 리베르 고트'라는 말이 들린다. 신이시여, 굽어살피소서. 신이란 말은 영어나 독일어나 같다.

피트와 니퍼는 땅 구멍의 안쪽에서 우리 쪽으로 기어 온다. 적어도 우리는 함께 있다. 땅바닥이 흔들리고, 그때마다 진흙과 돌과 눈 폭탄이 우리에게 쏟아진다. 하지만 내가 가장 싫고 무서운 소리는 폭탄 터지는 소리가 아니다. 폭탄이 터지면 어쩔 새도 없이 죽거나 아니면 살아남거나 둘 중 하나다. 하지만 포탄이 다가올 때 나는 휘파람 소리 같은 날카로운 소리는 견딜 수가 없다. 폭탄이 어디 떨어질지 모른다. 내게 떨어질지 아닐지.

그 순간 연발사격이 시작될 때와 똑같이 갑작스럽게 사격이 그친다. 적막이 감돈다. 다시 어둠이 우리를 숨겨 준다. 머리 위로 연기가 피어오르더니 땅 구멍으로 내려온다. 콧구멍에 화약 냄새가 가득 찬다. 우리는 기침을 참는다. 독일 병사는 기도를 멈춘다. 코트를 걸친 그는 몸을 웅크리고 누워서 양손으로 귀를 막는다. 그가 아이처럼 몸을 흔드는 모습이 빅조 같다.

"난 못 갈 것 같아. 병사들과 포로를 귀환시키는 일을 자네에게 맡기겠네, 피스풀. 이제 가 봐."

"아닙니다. 가야 한다면 다 같이 갈 겁니다. 다들 그렇지 않나?"

찰리 형이 말한다.

결국 그의 말대로 된다. 새벽 안개 속에서 우리는 우리 참호로 돌아간다. 찰리 형이 끝까지 윌키 소대장을 등에 떠메고

간다. 마침내 참호에서 들것을 든 병사들이 나타난다. 들것으로 옮길 때 윌키 소대장이 찰리의 손을 잡고 말한다.

"병원으로 만나러 오게, 피스풀. 명령이야."

그러자 찰리 형은 그러겠다고 약속한다.

우리는 사람들이 올 때까지 호에서 포로를 데리고 있는다. 독일 병사는 피트가 준 담배를 피운다. 이즈음 덜덜 떠는 것은 멈추었지만, 눈에는 여전히 공포감이 담겨 있다. 서로 할 말이 없다. 마침내 그가 갈 순간이 온다.

"당케. 당케 쉐르."

독일군 포로가 독일어로 고맙다고 말한다.

그가 가자 니퍼가 말한다.

"웃기네. 독일군이 실오라기 하나 걸치지 않고 서 있는 걸 보니 말이야. 우리도 군복을 벗으면 그 병사랑 다를 게 없을 거야, 그렇지? 독일인치고는 나쁜 인간이 아니야."

그날 밤, 독일군 방공호에서 머리에 총을 맞고 쓰러진 레스가 생각날 법도 한데 아니다. 우리가 끌고 온 독일군 포로가 생각난다. 이름도 모르지만, 땅 구멍에 숨어 같이 밤을 보내고 보니 레스보다도 그를 잘 아는 느낌이 든다.

마침내 우리는 휴식 캠프로 돌아온다. 아무튼 거의 모든 대원이 귀환한다. 곧 윌키가 어느 병원에 있는지 알아본 후 우리는 찰리 형이 약속한 것처럼 문병을 간다. 병원은 큰 성이다. 구급차가 왔다 갔다 하고, 단아하게 생긴 간호사들이 북적댄다.

"누구십니까?"

안내석 직원이 묻는다.

"피스풀입니다."

찰리 형은 웃으면서 말한다. 형는 '평화로운'이라는 뜻의 성씨에 대해 곧잘 농담한다. 형이 덧붙여 말한다.

"저희 둘 다 피스풀입니다."

병원 직원은 재미없는 기색이지만 우리를 기다린 눈치다. 그가 말한다.

"어느 분이 찰리 피스풀인가요?"

"접니다."

찰리 형이 대답한다.

"윌크스 대위께서 귀관이 찾아올 거라고 하셨습니다."

직원이 책상 서랍에서 손목시계를 꺼내며 말한다.

"이걸 전해 주라고 하셨습니다."

찰리 형이 시계를 받는다.

"대위님은 어디 계신가요? 만날 수 있습니까?"

찰리 형이 묻는다.

"지금쯤 영국에 계실 겁니다. 어제 떠나셨습니다. 상태가 안 좋았습니다. 여기서는 더 해 드릴 조치가 없었습니다."

병원 계단을 내려오면서 찰리 형은 손목에 시계를 찬다.

"시계가 가?"

내가 묻는다.

"물론이야. 어때 보여?"

형이 내게 손목을 보여 주며 묻는다.

"좋아."

내가 대답한다.

"그냥 좋은 정도가 아냐, 토모. 근사해, 아주 멋있어. 끝내 주는데. 내 말 잘 들어. 나한테 무슨 일이 생기면 이 시계는 네 거야, 알겠지?"

3시 25분

다시 쥐가 여기 온다. 녀석은 멈춰 서서 나를 올려다본다. 도망쳐야 될지, 내가 친구인지 적인지 궁금해한다.

"Wee, sleekit, caw'rin tim'rous beastie."

('작고, 매끄럽고, 겁먹은, 무서움 타는 동물.' 영국 북부 스코틀랜드의 민족 시인 로버트 번스의 시 〈쥐에게〉의 한 구절―옮긴이)

나는 스코틀랜드 사투리로 된 시구를 중얼댄다. 뜻은 절반도 모르지만 아직도 외우고 있다. 학교에 다닐 때 매칼리스터 선생님은 번스 탄생일에 우리를 일으켜 세우고 이 시를 외우게 했다. 선생님은 위대한 스코틀랜드 시인의 시를 하나쯤 외우고 있으면 우리에게 좋을 거라고 말했다. 이 작은 동물은 무서움을 타기는 해도 스코틀랜드 쥐가 아니다. 벨기에 쥐다. 그래도 나는 쥐에게 시를 들려준다. 쥐가 고분고분 듣는 걸 보면 알아듣는 모양이다. 나는 매칼리스터 선생님처럼 스코틀랜드 사투리로 외운다. 단어를 거의 완벽하게 아는 나를 보면 선생님이 대견해했을 것이다. 하지만 시를 다 외운 순간 쥐가 가 버리고 난 다시 혼자가 된다.

아까 사람들이 와서, 같이 밤을 보낼 사람이 필요한지 물었다. 난 아니라고 대답했다. 군목(군대 내에 소속된 목사—옮긴이)도 보냈다. 그들은 원하는 게 있느냐고 물었다. 도와줄 일이 있느냐기에 나는 없다고 대답했다. 이제 그들 모두, 군목도 여기 같이 있으면 좋겠다. 우린 노래를 부를 수 있을 텐데. 그들한테 계란과 감자튀김을 갖다 달라고 할걸. 그랬으면 취하도록 술을 마셔서 지금쯤 감각이 없었을 텐데. 하지만 내 곁에 있었던 것은 생쥐 한 마리다. 도망친 벨기에 생쥐.

* * *

다음번에 작전을 나간 곳은 이전의 '조용한' 지역이 아니라 바로 이프르(벨기에 서부의 도시. 독가스 전투로 유명하다.—옮긴이)였다. 몇 달째 독일군은 이프르를 야금야금 파고들어 항복을 받아 내려고 최선을 다했다. 몇 번이나 중심부로 진격했다가 마지막 순간에 후퇴했다. 하지만 아군의 외곽지대가 계속 줄어들었다. 포프의 술집에 도는 소문과 몇 마일 동쪽에서 계속 나는 폭발음으로 이프르의 상황이 얼마나 나쁜지 알았다. 독일군이 우리를 삼면에서 에워싸고 감시한다는 것을 다들 알았다. 우리는 울며 겨자 먹기로 참호 안에 틀어박혀 제대로 손을 쓸 수 없는 상황이었다.

새 지휘관 버클랜드 중위는 우리에게 상황을 설명했다. 우리가 밀리면 이프르를 잃게 된다고, 이프르는 잃으면 안 된다고 말했다. 왜 잃으면 안 되는지는 말하지 않았다. 하긴 그는 윌키 소대장이 아니었다. 우리 모두 윌키의 빈자리를 실감했다. 그가 없으니 목동 잃은 양 떼 같았다. 버클랜드 중위는 최선을 다했지만, 방금 영국에서 온 애송이였다. 평판은 좋을지 모르지만 전투에 대해서는 우리보다도 몰랐다. 니퍼는 그가 애송이이고 학교에 다니다 왔다고 말했다. 그건 사실이었다. 버클랜드 중위는 부대원들보다, 심지어 나보다 어려 보였다.

그날 저녁 이프르를 행군할 때, 이 도시를 놓고 싸울 가치가 있을지 궁금했다. 내가 보기에 이제 도시라고 부를 만한 것은 하나도 남지 않았다. 어디나 폭격을 당해 쓰레기 더미가 되어 버렸고, 주민보다 개와 고양이가 더 많았다. 무너진 시청 옆을 지날 때 죽은 말 두 마리가 길가에서 나뒹굴었다. 어디에나 총을 든 병사들이 보였고, 구급차들이 서둘러 움직였다. 우리가 지나갈 때는 독일군의 폭격이 없었지만, 나는 폭격을 당할 때처럼 겁이 났다. 그 널브러진 말들과 부상자들을 머리에서 지울 수가 없었다. 그들 모습이 맴돌았다. 우리 모두의 머릿속을 맴돌았을 것이다. 아무도 노래하지 않았다. 아무도 말하지 않았다. 얼른 안전한 새 참호에 도착하기를 간절히 바랐다. 가장 깊은 참호를 찾아서 들어가 숨을 수 있기만을 바랐다.

하지만 도착해 보니 참호는 실망스러웠다. 윌키 소대장이 있었다면 진저리 쳤을 터였다. 얕은 도랑보다 좀 나은 구멍들은 우리를 지켜 주지 못할 게 뻔했다. 진흙이 이전의 참호보다 더 깊었다. 주위에서 들큰한 악취가 나는 것으로 봐서, 이곳에 진흙과 물만 있었던 것은 아니었다. 다들 그게 뭔지 알았지만 그런 말은 하지 않았다. 적의 저격병들의 눈에 가장 띄기 쉬운 곳이니, 지금부터 고개를 숙여야 된다는 명령이 떨어졌다. 하지만 참호에 도착했다는 것이 위안이 되었다. 가장 따뜻하고 물기가 없는 참호였다. 그래도 잠이 오지 않았다. 그날 밤 나는 사냥꾼들이 밖에서 기다리는데 굴에 누워 있는 여우가 된 기분을 느끼며 누워 있었다.

다음 날 아침, 나는 방독면을 쓰고 나만의 세상에 빠져 대기 중이다. 황무지 위로 안개가 피어오른다. 앞에 폭격당한 황무지가 펼쳐져 있다. 여기는 들판이나 나무의 자취가 없다. 풀 한 포기 보이지 않고 진흙과 땅 구멍들만 있다. 우리 철책 너머로 기괴한 덩어리들이 흩어져 있다. 땅에 묻히지 않은 병사들의 시신이다. 회색 군복 차림이고 일부는 카키색 옷을 입고 있다. 한 병사가 철책 옆에 누워서 팔을 뻗어 하늘을 가리키고 있다. 아군이다. 아니, 아군이었다. 나는 그가 가리키는 곳을 올려다본다. 거기 새들이 있다. 새들이 노래한다. 구슬 같은 눈을 가진 찌르레기 한 마리가 철책 위에서 세상을 향해 노래를 부른다. 새가 앉을 나무가 없다.

애송이 중위가 말한다.

"늘 경계하라, 제군들. 정신을 바싹 차려라."

그는 늘 그런 식이다. 이미 정신을 바싹 차리고 경계하고 있는데도 그러라고 명령한다. 하지만 황무지에서는 까마귀 떼 외에 아무런 움직임이 없다. 죽은 자의 땅이다.

경계 태세를 취하다가 참호로 돌아오는데, 폭발이 시작되면서 불길에 휩싸인다. 이틀 내내 싸움이 계속된다. 내 평생 가장 긴 이틀이다. 우리 모두 웅크리고 앉아 각자 자기만의 고통 속에 잠긴다. 시끄러워서 대화를 할 수가 없다. 잠도 못 잔다. 자려고 하면 하늘로 치켜든 손이 보인다. 아버지의 손이다. 나는 몸을 떨면서 깬다. 니퍼 마틴도 벌벌 떨고, 피트가 진정시키려 하지만 소용없다. 가끔 나는 아기처럼 울지만 찰리 형은 달래러 와 주지 못한다. 우리는 총성이 그치기만을 바란다. 다시 땅이 흔들리지 않고 조용해지기만을 바란다. 총성이 멎으면 적들이 우리에게 올 것이고, 나는 그들을 맞을 준비를 해야 될 것이다. 독가스나 화염방사기, 수류탄이나 총검으로 공격하겠지. 하지만 어떤 공격이든 상관없다. 올 테면

오라지. 그저 이게 멈추면 좋겠다. 끝나기만 하면 좋겠다.

마침내 총성이 멎자, 우리는 방독면을 쓰고 일어서라는 명령을 받는다. 창검을 들고, 피어오르는 연기 사이로 앞을 똑바로 봐야 한다. 그때 연기 사이로 번뜩이는 총검을 들고 다가오는 적군이 보인다. 처음에는 하나둘, 그러더니 수백, 수천 명이 밀려온다. 찰리 형이 내 옆에 있다.

"괜찮을 거야, 토모. 괜찮아."

형이 말한다.

형은 내 생각을 안다. 내 공포를 안다. 내 달아나고 싶은 마음을 안다.

"내가 하는 대로만 해, 알겠지? 그리고 옆에 붙어 있어."

나는 순전히 찰리 형 때문에 도망치지 않는다. 전선에서 총격이 시작된다. 기관총과 소총이 발사되고 폭탄이 터진다. 나도 총을 쏜다. 조준도 하지 않고 그냥 쏜다. 쏘고 또 쏜다. 그래도 적들은 멈추지 않는다. 순간적으로 총알이 적군에게 날아가지 않는 것 같다. 적들은 멀쩡하게 진군한다. 무찌를 수 없는 회색 군단이다. 적들이 흩어지면서 비명을 지르며 쓰러지기 시작하자 비로소 나는 그들도 죽는 사람이라고 믿기 시작한다. 그들 역시 용감하다. 머뭇대지 않는다. 아무리 많이 쓰러져도 남은 자들이 계속 밀고 나온다. 우리 철책에 도착하자 그들의 큰 눈망울이 보인다. 적들을 막는 것은 철책이다. 어쩐 일인지 폭탄 공격에도 망가지지 않은 철책이 제법

길다. 적군들이 철책의 벌어진 틈으로 넘어오다가, 우리 참호에 도착하기 전에 총탄을 맞고 쓰러진다. 이제 얼마 안 되는 살아남은 병사들은 총을 던지고, 몸을 돌려 비틀비틀 물러난다. 내 안에 승리감이 밀려들지만, 이겨서가 아니라 전우들과 같이 견뎠기 때문이다. 난 도망치지 않았다.

'겁쟁이는 아니겠지?'

아니, 할멈. 난 겁쟁이가 아니야, 겁쟁이가 아니라고.

그때 호루라기 소리가 들리고 나는 일어나서 전우들을 쫓아간다. 우리는 철책에 난 틈새로 몰려 나간다. 땅바닥에 적군의 시신이 잔뜩 쌓여 있어서 밟지 않을 수가 없다. 난 그들에게 동정심도 없지만 미움도 없다. 그들은 우리를 죽이려 했고 우리는 그들을 죽였다. 고개를 든다. 우리가 전진하자 적군이 달아나고 있다. 이제 우리는 한 명씩 총을 겨누고 쏜다. 우리는 알아차릴 새도 없이 황무지를 지난다. 적군의 철책을 지나 그들의 전선 참호들로 기어 들어간다. 나는 죽일 사냥감을 찾는 사냥꾼이지만, 내 사냥감은 사라져 버린다. 참호가 텅 비어 있다.

버클랜드 중위가 우리 위쪽 난간에 서서, 자기를 따라오라고 외친다. 달아나는 적군을 잡자는 말에 우리 모두 따라간다. 그는 우리가 생각한 애송이가 아니다. 오른쪽, 왼쪽, 저 앞쪽 할 것 없이 보이는 곳마다 아군이 전진하고 있고 나는 그 중 한 명이다. 갑자기 기분이 들뜬다. 하지만 우리 앞에서 적들이 사라져 버린 것 같아서 이제 어떻게 할지 모르겠다. 두리번대며 찰리 형을 찾아보지만 어디서도 보이지 않는다. 바로 그때, 첫 포탄 소리가 난다. 나는 몸을 날려 진흙탕 속에 납작하게 엎드린다. 바로 뒤에서 포탄이 터져서 귀가 멀 것 같다. 한참 후 억지로 고개를 들고 바라본다. 앞쪽에서는 아군이 여전히 앞으로 나아가고, 어디서나 총알이 번뜩이고 기관총에서 불꽃이 일어난다. 아무 소리도 나지 않고 모든 게 비현실적이다. 내 주변에서 소리 없이 포탄이 쏟아진다. 눈앞에서 아군이 픽픽 쓰러지고, 몸뚱이가 날아가고 죽는다. 울부짖는 병사들이 보이지만 아무 소리도 들리지 않는다. 마치 내가 거기 없는 것 같다. 마치 이 공포가 내게 닿을 수 없는 먼 곳에 있는 것 같다.

이제 전우들이 내게 밀려온다. 찰리 형은 보이지 않는다. 중위가 나를 움켜잡고 일으켜 세운다. 그가 내게 고함을 지르더니 내 몸을 돌려 우리 참호 쪽으로 끌고 간다. 나는 전우들과 뛰려고, 그들과 보조를 맞추려고 애쓴다. 하지만 다리가 무거워서 뛰어지지 않는다. 버클랜드 중위가 내 곁을 지키며 채근하고, 부대원들을 격려한다. 그는 좋은 사람이다. 그가 총을 맞은 것도 바로 내 옆에서다. 중위가 푹 주저앉더니 나를 바라보며 죽어 간다. 그의 눈에서 빛이 사라진다. 중위가 고꾸라지는 광경을 지켜본다. 그 후 어떻게 돌아가야 될지 모르면서도 어떻게든 돌아간다. 정신을 차리니 내가 참호에 웅크리고 있다. 참호가 절반은 비었다. 찰리 형은 거기 없다. 형은 돌아오지 않았다.

주로 머릿속에서 울리는 소리기는 해도, 이제 소리는 들린다. 피트가 찰리 형의 소식을 전해 준다. 독일군 참호에서 후퇴할 때 찰리 형을 봤다고 한다. 찰리 형은 소총을 지팡이 삼아 절뚝거리며 걸었지만 괜찮았다고 한다. 나는 가냘픈 희망을 얻지만 시간이 흐르면서 희망도 빠져나간다. 거기 누워서 온갖 두려운 일을 떠올린다. 총을 맞은 중위가 무릎을 꿇고 푹 주저앉은 채 내게 말을 하려 할 때의 놀란 표정이 떠오른다. 소리 없는 비명이 귀를 때린다. 이런 환상을 몰아내고, 찰리 형이 살아 있을 거라고 위안을 삼을 만한 별별 이야기를 속으로 되뇐다. 찰리 형은 틀림없이 땅 구멍에 숨어서 구름이 달을 가리기를 기다리다가 기어 나올 거야. 찰리 형은 길을 잃어서 다른 연대로 갔다가 아침에 우리에게 돌아올 거야. 늘 있는 일이니까. 마음이 이리저리 흔들려서 나는 쉴 수가 없다. 내 생각을 방해할 폭격도 없다. 바깥세상은 적막에 휩싸였다. 양쪽 군대가 참호 안에서 지치고 죽도록 피를 흘리며 누워 있다.

다음 날 아침, 찰리 형이 돌아오지 않는다는 게 확실해지자, 내가 생각했던 이야기들은 모두 그저 이야기가 되어 버렸다. 피트와 니퍼와 전우들이 찰리 형은 살아 있을 거라고 나를 위로하려 했다. 하지만 그게 아니라는 것을 난 알았다. 난 슬퍼하지 않았다. 총을 쥔 손이 아무 느낌이 없는 것처럼 마음이 멍했다. 찰리 형이 죽었을 황무지를 내다보았다. 철책 부근에 바람이 쌓아 놓기라도 한 것처럼 시신이 쌓여 있었다. 몰리와 엄마에게 뭐라고 편지를 쓸지 걱정스러웠다. 엄마의 목소리가 귀에 쟁쟁했다. 찰리가 돌아오지 못한다고, 천국에 간 찰리가 아버지와 버사와 함께 있다고 엄마가 빅 조에게 말해 주는 소리가 들릴 듯했다. 빅 조는 슬퍼하겠지. 몸을 흔들겠지. 나무 위에서 〈오렌지와 레몬〉을 구슬프게 흥얼대리라. 하지만 며칠 후 신앙심으로 위안을 삼을 것이다. 빅 조는 찰리가 파란 천국에, 교회 탑 위 어딘가 있다고 굳게 믿으리라. 빅 조의 그런 믿음이 부러웠다. 이제 난 신의 자비를 믿는 체조차 할 수 없었다. 인간끼리 어떤 짓을 저지를 수 있는지 안 뒤로는 천국도 믿지 못했다. 내가 살고 있는 지옥을 믿을 수밖에 없었다. 땅 위의 지옥. 그것은 신이 아니라 인간이 만든 것이었다.

그날 밤 나는 몽유병 환자처럼 일어나서 보초 근무에 나섰다. 하늘에는 별이 총총 떠 있었다. 몰리는 별자리를 잘 알았다. 북두칠성, 은하수, 북극성. 밀렵을 나갔을 때 몰리는 내게 별자리를 다 가르쳐 주려 애썼고 나는 기억하려고 노력했다. 수많은 별 중에서 그 별자리들을 찾으려 애썼지만 실패했다. 감탄하며 엄청나게 많은 아름다운 별들 올려다보니, 나도 모르게 다시 천국을 믿게 되었다. 서쪽 하늘에서 찰리 형을 위해 밝은 별을 고르고 그 옆의 별도 골랐다. 아버지의 별이었다. 둘이 나란히 나를 내려다보고 있었다. 아버지가 어떻게 세상을 떠났는지 찰리 형에게 말했으면 좋았을걸. 이제 둘은 비밀이 없을 테니까. 찰리 형에게 감춘 게 후회스러웠다. 그래서 소리 없이 형의 별에게 말했고, 형이 반짝이면서 내게 눈을 찡긋하는 것을 보았다. 형이 다 이해하며 나를 비난하지 않는다는 것도 알았다. 그 순간 머릿속에서 찰리 형의 목소리가 들렸다. 형이 말했다.

'보초를 설 때는 공상에 빠지지 마, 토모. 그러다 잠들면 총 맞을 수도 있다고.'

나는 눈을 크게 뜨고 힘차게 깜빡거렸다. 잠에서 깨려고 찬 공기를 깊이 들이마셨다.

아주 잠시 후 철책 위에서 뭔가 움직이는 게 보였다. 나는 귀를 기울였다. 아직도 귀가 윙윙 울려서 진짜 소리를 들었다고 자신할 수 없었다. 하지만 사람 소리가 들리는 것 같았다. 내 머릿속에서 나는 소리가 아니었다. 속삭이는 목소리였다.

"이봐! 거기 누구 있어? 나라고, 찰리 피스풀. D 중대. 내가 들어간다. 발포하지 마."

어쩌면 난 이미 잠들어서, 현실이라면 좋을 멋진 꿈을 꾸고 있는지도 모른다. 하지만 그 목소리가 다시 들렸다. 이번에는 소리가 더 컸다.

"도대체 왜 그러는 거야? 잠든 거야, 뭐야? 찰리라고. 찰리 피스풀."

철책 밑에서 검은 형체가 움직이더니 나를 향해 다가왔다. 꿈이 아니었다, 내가 지어낸 이야기도 아니었다. 찰리 형이었다. 이제 형의 얼굴이 보였고, 형도 내 얼굴을 봤다.

"토모, 이 멍청이. 잡아 줄 테야?"

나는 형의 손을 잡고 참호 안으로 끌어내렸다. 찰리 형이 말했다.

"다시 만나 반갑다!"

우리는 서로 껴안았다. 전에는 포옹한 적이 없었던 것 같다. 나는 울었고, 눈물을 감추려고 애썼지만 소용없었다. 찰리 형도 울고 있었다.

"어떻게 된 거야?"

내가 물었다.

"놈들이 쏜 총에 발을 맞었어. 그대로 군화를 뚫었다고. 피를 철철 흘렸지. 돌아오다가 땅 구멍 속에서 잠들어 버렸어. 그런데 깨 보니까 너희가 다 떠나고 나 혼자더라고. 밤이 될 때까지 거기 있어야 했지. 빌어먹을. 밤새도록 기어 온 것 같아."

"아파?"

"아무것도 느껴지지 않아. 그런데 다른 발도 감각이 없어. 굳어 버렸어. 걱정하지 마, 토모. 금방 괜찮아질 거야."

찰리 형이 말했다.

그날 밤 형은 들것에 실려 야전병원으로 옮겨졌고, 며칠 후 우리가 전선에서 나올 때까지 나는 형을 못 만났다. 나와 피트는 최대한 빨리 찰리 형을 만나러 갔다.

찰리 형이 말했다.

"여기는 있으니까 좋은걸. 너희도 언제 병원에 들어와 보라고. 하루 세 끼 그럴듯하게 먹지, 간호사들도 있지, 진흙도 없지, 독일군과 뚝 떨어져 있지."

"발은 어때?"

내가 물었다.

"발? 무슨 발?"

형은 다리를 두드리며 말을 이었다.

"이건 발이 아니야, 토모. 나한테는 집으로 갈 차표라고. 친절하고 멋진 어느 독일군이 나한테 최고의 선물을 해 준 거지. 영국행 차표를 준 거야. 군이 나를 고향 병원으로 보낼 거야. 발이 약간 감염되었거든. 뼈도 많이 부러졌다더라. 상처는 낫겠지만, 수술을 해야 될 거야. 그런 다음 발을 쉬게 해야지. 나는 내일 후송될 거야."

찰리 형을 위해 기뻐해야 된다는 것을 알았고 또 그러고 싶었다. 하지만 그렇게 생각할 수가 없었다. 오직 우리가 이 전쟁에 같이 왔다는 사실만 생각났다. 우리는 이런저런 일을 함께 겪었는데 이제 찰리 형은 둘 사이의 끈을 끊고 나를 버리려 했다. 가장 나쁜 것은 형이 나를 두고 혼자 집에 가는 것이었다. 또 창피한 줄도 모르고 그걸 좋아한다는 것이었다.

"네 얘기를 잘해 놓을게. 피트가 나 대신 널 보살펴 줄 거야. 토모를 돌봐 줄 거지, 피트?"

"난 보살핌 따윈 필요 없어."

내가 쏘아붙였다.

하지만 찰리 형은 내 말을 듣지 못했다. 아니면 못 들은 체했거나.

"토모가 착하게 구는지 잘 봐, 피트. 포프의 술집 아가씨가 토모한테 마음이 있거든. 그 여자애가 토모를 산 채로 잡아먹을 거야."

내가 당황하자 두 사람은 웃었고, 나는 불편한 마음을 감추지 못했다. 찰리 형이 내 팔을 잡고 말했다.

"이봐, 토모. 난 금방 돌아올 거야."

그러더니 처음으로 진지해져서 덧붙였다.

"약속해."

"몰리랑 엄마를 만날 거지?"

내가 물었다.

"나는 휴가 허락을 받아 낼 거야. 혹은 어머니와 몰리가 병원으로 날 보러 오겠지. 운이 좋으면 난 아기를 볼 수 있을 거야. 이제 한 달도 안 남았어, 토모. 난 아버지가 되지. 너도 삼촌이 될 거고. 그 생각을 해."

그렇지만 찰리 형이 영국으로 떠난 후 나는 밤에 그런 생각을 하지 않았다. 포프의 술집에서 맥주를 마시며 분노했다. 나는 슬픔이 아니라 분노에 잠겼다. 나를 버린 찰리 형에게 화가 났다. 형이 몰리를 만나고 집에 가고 나는 못 간다는 게 화가 났다. 술에 취해서 탈영을 할까, 찰리 형을 쫓아갈까 생각했다. 영국 해협까지 가서 배를 구해야지. 어떻게든 집에 가야지.

주위를 둘러보았다. 그날 저녁, 술집에는 병사가 백 명쯤 있었다. 피트, 니퍼, 마틴을 비롯해 우리 부대원들이 있었지만 나는 완전히 혼자인 것처럼 느꼈다. 그들은 웃었고 나는 웃을 수가 없었다. 그들은 노래했고 나는 노래할 수가 없었다. 계란과 감자튀김을 먹을 수도 없었다. 실내가 몹시 덥고 담배 연기가 자욱했다. 숨을 쉴 수가 없었다. 나는 바람을 쐬려고 밖으로 나갔다. 얼른 정신이 들었고, 당장에 탈영 계획은 포기했다. 대신 캠프로 돌아갈 작정이었다. 그게 더 쉬운 선택이었다. 탈영하면 총살당할 수도 있었다.

"토미?"

그녀였다. 술집의 아가씨. 그녀는 와인 상자를 옮기는 중이었다.

"어디 아파요?"

그녀가 내게 물었다.

나는 말이 나오지 않아 고개를 저었다. 우리는 한동안 서서, 이프르에서 일제 공격이 시작되면서 터지는 천둥소리 같은 총소리를 들었다. 불꽃이 치솟아 한참 머물다가 전선 위로 떨어졌다.

아가씨가 말했다.

"아름답네요. 어떻게 저게 아름다울 수 있을까요?"

말을 하고 싶었지만, 그럴 수 있을 것 같지 않았다. 집에 대한 그리움 때문에, 몰리에 대한 그리움 때문에 와락 눈물이 솟았다.

"몇 살이에요?"

아가씨가 물었다.

"열여섯."

내가 중얼댔다.

"나랑 같네요."

그녀는 나를 더 찬찬히 쳐다보며 다시 말했다.

"전에 본 적이 있는 것 같은데요?"

나는 고개를 끄덕였다.

"다시 만나게 되겠죠?"

그녀가 물었다.

"그래요."

내가 대답했다.

그녀가 가 버렸고 난 다시 밤 속에 혼자 남았다. 이제 한결 차분해졌다. 마음이 편안해졌고 더 강해지기도 했다. 캠프로 걸어가면서 결심했다. 다음 날, 우리는 훈련장으로 가야 될 테지만, 캠프로 돌아오는 즉시 곧장 포프의 술집으로 오리라. 아가씨가 달걀과 감자튀김을 갖다 줄 때, 용기를 내서 이름을 물어봐야지.

2주 후 나는 돌아왔고, 작정한 그대로 했다.

"안나."

그녀가 내게 말했다. 내 이름은 '토모'라고 말하자 안나는 웃음을 터뜨렸다.

"정말이네요. 영국 병사들은 다 '토미'예요."

"난 토미가 아니에요. 토모예요."

내가 대답했다. 그녀는 웃었다.

"그게 그거죠. 하지만 당신은 달라요. 다른 사람들이랑 다른 것 같아요."

내가 농장에서 일했고 말을 돌봤다고 말하자, 안나는 나를 마구간으로 데려가서 아버지의 말을 보여 주었다. 짐차를 끄는 말은 덩치가 크고 늠름했다. 말을 쓰다듬을 때 우리 두 사람의 손이 닿았다. 그러자 안나는 내게 키스했다. 그녀의 입술이 내 뺨을 스쳤다. 나는 안나와 헤어져, 바람 부는 길을 걸어 캠프로 돌아왔다. 높이 뜬 달 아래서 〈오렌지와 레몬〉을 목이 터져라 불러 댔다.

막사에서 피트가 얼굴을 찌푸리며 맞아 주었다.

"토모, 나쁜 소식이 있어."

"뭔데?"

내가 물었다.

"새로 오는 상사 말이야. 에타플에서 온 '무시무시' 헤인리야."

그때부터 매일 깨어 있는 시간에는 헤인리가 우리를 윽박질렀다. 헤인리 상사는 우리가 응석받이가 되었다고 말했다. 오합지졸이라고, 자기가 제대로 된 병사로 만들겠다고 말했다. 헤인리 상사가 만족할 때까지 우리는 외출 허락을 받지 못했다. 물론 그는 만족하지 않았다. 그래서 다시 안나를 보러 갈 수가 없었다. 다시 전선으로 돌아갈 무렵, 헤인리는 우리를 닦달했고, 그가 사납게 윽박지르는 소리가 우리 머릿속에 박혔다. 우리 모두 그를 독사처럼 싫어했다. 독일군보다도 훨씬 더 미웠다.

4시경

밤하늘에서 하루가 시작된다. 아직 흐린 새벽빛조차 없지만 확실히 밤은 어둠을 잃고 있다. 수탉이 울음소리로 내가 이미 알지만 믿고 싶지 않은 것을 알려 준다. 아침이 밝으리라는 것을. 그것도 곧.

고향 집에서는 아침이면 찰리 형과 학교에 갔다. 가을 낙엽 더미를 밟거나 웅덩이 위 얼음을 지났다. 혹은 밤에 대령의 영지에 있는 강에서 밀렵을 한 후, 셋이서 숲을 지나다가 우리가 거기 있는 줄 모르는 오소리를 구경했다. 이곳에서는 아침이면 배 속에서 항상 똑같은 무서움을 느끼며 깬다. 다시 죽음의 얼굴을 봐야 된다는 것을 안다. 지금까지는 다른 사람의 죽음이었지만 오늘은 내 죽음이 될 수도 있다는 것을 안다. 이것이 내 마지막 해돋이, 지상에서의 마지막 날일지 모른다는 것을 안다.

오늘 아침의 다른 점은 누구의 죽음일지 안다는 것, 어떻게 죽는지 안다는 것이다.

그런 식으로 보니 그리 나쁘지 않은 것 같다. 그런 식으로 보라고, 토모. 그런 식으로 보란 말이야.

* * *

늘 찰리 형이 곁에 없으면 헤맬 거라고 상상했다. 사실 고국에서 와서 합류한 신참들이 아니었다면 그랬을 것이다. 우리에게는 신참 병사들이 정말 필요했다. 이 무렵 우리 중 절반이 죽거나 실종되고 부상당하거나 병들었다. 신참들 눈에는 남은 사람들이 전투에 이골이 난 병사들이었다. 모든 걸 겪은 병사들이라서 신참들은 감탄하고 존경했다. 좀 무서워하는 기미도 있었다. 나는 아직 내가 어리다고 느꼈지만, 이제 그렇게 보이지 않았던 것 같다. 피트와 니퍼 마틴과 나는 고참이었고, 고참답게 행동했다. 경험담으로 신참들을 번갈아 안심시키고 겁주었다. 번갈아서 다정하게 굴고 놀렸다. 우린 그 역할을 맡아서 즐겼다는 생각이 든다. 피트가 특히 그랬다. 그는 니퍼와 나보다 이야기 짓는 솜씨가 뛰어났다. 이런 일들 덕분에 두려움에 빠질 시간이 줄어들었다. 나는 본모습과는 다른 사람인 체하며 사느라 분주했다.

한동안 전선이 어떻게 이럴까 싶을 만큼 조용한 생활이 이어졌다. 우리와 독일군은 가끔 소구경 포탄과 한밤의 수색 정도로만 서로 성가시게 했다. 우리는 방공호와 참호에 갇혀 지냈고, 헤인리 상사까지도 지금보다 더 괴롭히지는 못했다. 물론 그는 여전히 최선을 다해서 닦달했고, 끝없이 검사를 하고 벌을 주었다. 하지만 며칠간 총성이 멎었고, 화창한 봄 햇살이 등을 따뜻하게 하고 진흙을 말렸다. 가장 좋은 것은 마른 채로 자는 것이었다. 이것은 드문 일이었다. 기적 같은 일이었다. 물론 쥐 떼는 여전했고 벼룩은 평소처럼 우리에게 달려들었지만, 이전의 참호 상태에 비하면 소풍 온 것 같았다.

이제 신참들은 우리 고참들이 참호전의 어려움을 과장해서 말했다고 생각하기 시작했다. 지금까지 신참들에게 가장 힘들었던 것은 지루함과 헤인리 상사였다. 그리고 우리가 약간 허풍을 떤 것은 사실이었다. 피트의 경우는 특히 그랬다. 하지만 피트를 포함해 우리가 떠벌린 이야기들에는 대부분 진실과 관련된 대목이 있었다. 너무나 조용한 5월 아침 그 누구도, 피트조차 상상하거나 지어낼 수 없는 예상치 못한 일이 터졌다.

새벽에 참호 위에서 보초를 서는 것은 정상적인 일과였고 짜증 나는 일이기도 했다. 적이 주로 새벽에 공격한다는 것을 알았지만, 시간이 지나면서 우리는 아무 일도 일어나지 않을 거라고 짐작했다. 오랫동안 아무 일도 벌어지지 않았다. 우리는 파란 하늘이나 지루함에 빠져들었다. 독일군은 자러 간 것 같았고, 우리로서는 그게 좋았다. 우리도 자러 갈 수 있을 거라는 생각이 들었다. 갑자기 정신이 번쩍 들 일이 터졌다. 나는 참호에 있었고, 집에 편지를 쓰기 시작하던 참이었다.

어머니에게 편지를 쓰고 있다. 한참이나 편지를 쓰지 않아서 죄책감이 든다. 연필심이 계속 부러져서 다시 깎는다. 다른 사람들은 햇볕을 받으며 누워서 자거나, 모여 앉아 담배를 피우면서 수다를 떤다. 니퍼 마틴은 또 총을 닦는다. 늘 그렇게 총 닦는 데 신경을 쓴다.

"독가스! 독가스다!"

고함 소리가 참호 안에 퍼진다. 순간적으로 우리는 공포감에 휩싸인다. 몇 번이나 훈련을 받았는데도, 더듬더듬 미친 듯이 방독면을 찾는다.

"검을 장착하라!"

헤인리 상사가 소리치지만, 다들 아직도 방독면을 쓰느라 정신없다. 총을 쥐고 검을 총에 꽂는다. 황무지를 내다보니, 우리 쪽으로 몰려오는 독가스가 보인다. 이 무서운 죽음의 구름에 대해 많이 들어 봤지만 직접 보는 것은 처음이다. 무서운 덩굴손 같은 것이 굴러오며 누런 긴 줄 같은 것을 뿌려 냄새를 풍기고 나를 찾는다. 독가스는 나를 찾아내고는 방향을 바꾸어 곧장 내게 떠내려 온다. 나는 방독면 안에서 비명을 지른다.

"이런 망할! 빌어먹을!"

그래도 가스가 계속 나와 우리 철책을 넘고, 철책 사이로 번져 앞에 있는 모든 것을 삼켜 버린다.

머릿속에서 마지막 훈련을 나갔을 때, 방독면을 쓴 교관이 내게 외치던 소리가 떠오른다.

"넌 잔뜩 겁먹고 있다, 피스풀. 방독면은 신과 같은 거야. 너를 위해 엄청난 기적을 일으킬 테지만, 그걸 믿어야 되는 것은 바로 너야!"

하지만 난 그런 것은 믿지 않는다! 기적이 있다고 믿지 않는다.

이제 겨우 한 걸음 앞에 독가스가 있다. 한순간 날 덮치고 내 주위에 퍼지고 내 몸 안으로 들어올 것이다. 나는 웅크리고 앉아 무릎 사이에 얼굴을 묻는다. 철모 위로 손을 들고 독가스가 머리 위로 떠가기를, 참호 위쪽으로 지나가기를 기도한다. 다른 사람에게 가기를. 하지만 그러지 않는다. 내 주변에 독가스가 차 있다. 나는 숨을 쉬지 않겠다고, 숨을 쉬면 안 된다고 중얼댄다. 노란 안개 사이로 독가스가 들어찬 참호가 보인다. 가스는 참호로 파고들어 구석구석 번지며 나를 찾고 있다. 우리 모두를 찾아내 한 명도 남기지 않고 다 죽이려 한다. 난 숨을 쉬지 않는다. 뛰고 비틀대고 넘어지는 병사들이 보인다. 피트가 내 이름을 부르는 소리가 들린다. 그러더니 피트는 내 팔을 잡아끌고 달린다. 이제 숨을 쉬어야 한다. 숨 쉬지 않고 뛸 수는 없다. 방독면 때문에 시야가 반쯤 가려져서 나는 발이 걸려 넘어진다. 참호 벽에 머리를 찧고 정신없이 몸을 부딪친다. 내 방독면이 벗겨졌다. 얼른 다시 쓰지만, 방독면이 벗겨졌을 때 숨을 쉬었다. 이미 늦었다는 것을 안다. 눈이 쑤신다. 폐가 타는 것 같다. 기침이 나고, 구역질이 나고 목이 막힌다. 독가스에서 멀어지기만 한다면 어디로 뛰어가든 상관없다. 마침내 예비 참호로 들어간다. 이곳에는 독가스가 없다. 난 독가스에서 벗어났다. 방독면을 벗고 맑은 공기를 마신다. 그러고는 무릎을 꿇고 마구 토한다. 마침내 최악의 상황이 끝나자, 눈물이 솟구쳐 흐릿한 눈으로 고개를 든다. 방독면을 쓴 독일 병사가 내 위에 버티고 서서 머리에 총을 겨누고 있다. 난 총을 갖고 있지 않다. 이제 끝이다. 마음을 다지는데 그는 총을 쏘지 않는다. 독일 병사는 천천히 총을 내린다.

독일 병사가 총을 흔들면서 말한다.

"가라. 가. 토미, 가라고."

그렇게 누군지도 모르는 독일 병사의 친절 덕에 목숨을 구하고 달아났다. 나중에 야전병원에서, 아군이 반격해서 독일군을 몰아내고 전선 참호를 탈환했다고 들었다. 하지만 주변의 풍경으로 볼 때 엄청난 대가를 치렀음을 알 수 있었다. 나는 걸을 수 있는 부상병들과 한 줄로 서서 치료를 받으러 갔다. 군의관은 내 눈을 닦아 내고 검사한 후 가슴에 청진기를 댔다. 기침이 심한데도 그는 내가 건강하다고 진단했다.

그가 말했다.

"운이 좋군. 독가스를 조금 마셨을 거야."

걸어서 나오다가 다른 부상병들을 지나쳤다. 나와 달리 운이 좋지 않은 이들이었다. 햇빛 아래서 들것에 누운 사람들 중에는 아는 얼굴도 많았다. 다시는 못 볼 사람들이었다. 같이 생활하고 같이 농담하고, 같이 카드놀이를 하고, 같이 싸우던 친구들. 그들 중에서 피트를 찾아보았지만 그는 거기 없었다. 하지만 니퍼 마틴은 있었다. *끄트머리에 그가 있었다.* 니퍼는 꼼짝 않고 누워 있었다. 그의 바지에 초록색 메뚜기가 있었다. 그날 저녁 휴식 캠프로 돌아가니, 막사에 피트 혼자 있었다. 그는 귀신이라도 본 것처럼 나를 보고 눈이 휘둥그레졌다. 니퍼 마틴에 대해 말하니, 피트의 눈에 눈물이 그렁그렁했다. 우리는 뜨겁고 달달한 차를 마시면서 독가스를 피한 경험담을 나누었다.

독가스 공격이 시작되자 피트는 나나 대부분의 병사들처럼 달아났다. 그랬다가 예비 참호에서 다른 병사들과 합류해서 반격에 나섰다.

"우린 아직 여기 살아남아 있어, 토모. 그게 가장 중요한 것 같아. 운 나쁘게도 '무시무시' 헤인리도 살아남았지. 하지만 너한테 좋은 소식이 있어."

피트는 편지 두어 통을 내게 흔들면서 말을 이었다.

"네게 편지가 두 통 왔어, 이 운 좋은 자식아. 우리 집에서는 나한테 편지를 안 써. 하긴 글을 아는 사람이 없으니 놀랄 일도 아니지, 안 그래? 누이가 글을 알긴 아는데 이제 우리는 말도 안 하거든. 토모, 내 말 좀 들어 봐. 네가 네 편지를 나한테 읽어 주면, 난 내가 받은 편지라고 상상할 수 있을 거야. 안 그래? 어서 읽어 봐, 토모. 내가 잘 들을게."

피트는 누워서 양손으로 머리를 받치고 눈을 감았다. 나로서는 선택의 여지가 없었다.

지금 그 편지들을 갖고 있다. 집에서 온 마지막 편지들이다. 받은 편지를 모두 잘 간수하려 했지만 일부는 잃어버리고 일부는 젖어서 읽을 수 없게 되어 버렸다. 하지만 이 편지들은 극도로 조심스럽게 간수한다. 내가 사랑하는 이들 모두가 들어 있으니까. 편지를 기름종이에 싸서 주머니에 넣고 다닌다. 심장 가까운 곳에. 편지를 반복해서 읽는데, 그때마다 편지 속의 말들이 귀에 들리고 얼굴들이 보인다. 처음 막사에서 피트에게 읽어 준 것처럼, 이제 그 편지들을 소리 내서 읽어야겠다. 엄마의 편지부터 읽어야지. 그때도 그랬으니까.

내 사랑하는 아들아.

이 편지를 받는 네가 건강하면 좋겠구나. 너한테 전해 줄 정말 좋은 소식이 있단다. 지난 월요일 이른 아침 몰리가 사내아이를 낳았단다. 이 행복한 일로 우리 모두 기뻤단다. 아기가 태어난 지 일주일이 안 되었을 때 누가 문을 두드려서 나갔더니, 너도 짐작하듯이 네 형 찰리가 있더구나. 놀랐고 기뻤지. 내 기억보다 찰리는 말랐고 나이도 들어 보이는구나. 잘 먹지 못한 것 같아서 앞으로는 잘 먹어야 된다고 말했지. 여기 신문에 이런저런 기사가 실리지만, 찰리는 너희가 벨기에에서 잘 지내고 있다고 말하더구나. 마을에서 만나는 사람마다 너희 안부를 묻는단다. 네 왕고모까지도 말이야. 왕고모는 맨 먼저 아기를 보러 왔지. 아기가 잘생기긴 했지만 귀가 뾰족한 것 같다고 말했어. 물론 사실이 아니지만 몰리가 무척 속상해한단다. 네 왕고모는 왜 늘 그렇게 마음 아픈 말을 할까? 대령은 혼자서 이 전쟁을 이길 수 있을 것처럼 떠들어 댄단다. 네 아버지가 대령에 대해 한 말이 맞았어.

마을은 많이 변했지만, 좋아진 것은 없단다. 젊은이들이 계속 더 많이 입대하지. 일할 남자가 별로 남지 않았어. 울타리도 못 가다듬고 그냥 묵히는 농토도 많아. 슬픈 얘기지만 프레드와 마거릿 파슨스는 지난달에 지미가 집에 못 온다는 소식을 들었어. 프랑스에서 부상을 당해 죽은 것 같아.

하지만 찰리가 짧게나마 휴가를 나오고 아기가 태어나서 다들 활기차단다. 찰리는 이제 곧 큰 공격이 있을 거고 그러면 전쟁이 승리로 끝날 거라더구나. 찰리의 말대로 되기를 기도한다. 아들아, 찰리와 빅 조가 있고 몰리와 새로 태어난 아기도 집에 있지만, 네가 없으니 좁은 집이 텅 빈 것 같구나. 무사히 얼른 집에 돌아오너라.

널 사랑하는 엄마가

늘 그렇듯 편지지 아래 빅 조의 지문을 찍은 잉크 자국이 번져 있었다. 옆에는 개미 기어가는 글씨로 빅 조의 이름이 적혀 있었다.

피트가 갑자기 화난 목소리로 말했다.

"여기서 우리가 잘 지낸다고? 찰리는 왜 가족에게 그런 말을 하지? 이곳이 실제로 어떤지, 얼마나 희망 없는 생활인지 왜 말하지 않지? 착한 사람 수천 명이 아무 이유 없이 죽어 간다고 왜 말하지 않았냐고? 아무 이유도 없이 말이야! 난 말할 거야. 조금만 기회가 있어도 사람들에게 죄다 말할 거라고. 찰리는 창피한 줄 알아야 해. 오늘 죽은 사람들이 잘 지냈다고? 정말 그래?"

피트가 그렇게 화내는 것을 본 적이 없었다. 그는 항상 농담하고 까불고, 늘 멍청하게 구는 친구였다. 피트는 내게 등을 보이고 돌아눕더니, 다시 말을 걸지 않았다.

그래서 다음 편지는 혼자 읽었다. 찰리 형의 편지였다. 아무튼 대부분은 형이 썼다. 엄마의 편지와 달리 잘못 써서 고친 데가 많아 훨씬 읽기가 어려웠다.

퍼스툴 일병에게

너도 알겠지만 난 집에 돌아왔어, 토모. 늦었지만 안 온 것보다는 낫다고들 하지. 난 생전 처음 보는 예쁜 아기의 자랑스러운 아버지가 되었고 넌 자랑스러운 삼촌이 되었어. 네가 아기를 볼 수 있으면 좋을 텐데. 언젠가는 볼 날이 올 거야, 그것도 곧. 몰리는 아가가 제 아버지보다 잘났다고 말하지만 사실이 아냐. 빅 조는 아가가 자는 동안 옆에 앉아 있어. 버사랑 그랬던 것처럼 말이야. 청은 내가 곧 돌아갈까 봐 걱정해. 물론 난 다시 갈 거야. 빅 조는 우리가 어디 있었는지, 무슨 일을 했는지 이해 못 해. 어떻게 이해하겠어? 그리고 나도 말하지 않을 거야. 아무에게도 말하지 않으려고 해.

병원에서 나온 후 애걸해서 사흘간의 휴가를 얻었고, 이제 겨우 하루 남았어. 남은 시간을 잘 써야지. 마지막으로 네게 알릴 소식이 있어. 우리가 이 꼬마의 이름을 '토모'로 지었다는 거야. 이름을 부를 때마다 네가 우리랑 같이 있다는 생각을 하게 돼. 같이 있으면 정말 좋겠다는 생각도 하지. 몰리가 멎 자 적고 싶다고 하니 난 여기서 끝낼게. 기운 내.

네 형이자 또 다른 퍼스툴 일병인 찰리 형이

토모에게

꼬마 토모에게 용감한 삼촌에 대해 다 얘기해 주었단 말을 전하려고 편지를 써. 이 무서운 전쟁이 끝나는 날 우리 모두 다시 모일 거라고 말해 주었지. 아기는 네 파란 눈과 찰리의 짙은 색 머리, 빅 조의 환한 웃음을 닮았어. 그래서인지 난 말로 다 못 할 만큼 아기를 사랑해.

너의 몰리가

이 편지들을 갖고 있으면서 줄줄 외울 정도로 읽고 또 읽었다. 그 후로는 편지 덕분에 버텼다. 찰리 형이 돌아온다는 희망도, 미치지 않고 버틸 힘도 편지에서 얻었다.

우리는 헤인리 상사가 이제 잘 대해 주고 전선에 투입되기 전에 쉬게 해 줄 거라고 생각했다. 그래 주기를 바랐다. 하지만 그건 우리의 착각이었다. 그는 그런 사람이 아니었다. 헤인리는 우리가 부대 망신을 시켰다고, 독가스 공격을 받았을 때 단체로 겁쟁이처럼 굴었다고 말했다. 마지막으로 우리를 뼛속까지 바꾸겠다고 했다. 그래서 우리를 밤낮없이, 아침, 점심, 저녁 가리지 않고 닦달했다. 점검, 훈련, 반복 훈련, 연습, 또 점검. 그는 무자비하게 굴었고 우리 모두를 절망과 피로로 몰아넣었다. 어느 밤 신병 벤 가이가 보초를 서면서 자다가 들켰다. 엑스번의 여관집 아들인 그는 찰리처럼 '야전 체벌 1항'에 처해졌다. 날씨가 나빠도 며칠간 묶여 있었다. 에타플에서 찰리 형이 벌 받을 때처럼 우리는 그에게 말을 걸거나 물을 갖다 주는 것은 금지당했다.

우리가 지낸 날 중 가장 암울한 시기였다. 헤인리 상사는 참호에서도 당해 본 적 없는 모든 괴로움을 안기며 희망을 앗아 갔다. 나는 밤에 막사에 누워서 탈영을 꿈꾸기도 했다. 포프의 술집에 있는 안나에게로 달아나서 숨겨 달라고, 영국으로 갈 길을 찾도록 도와 달라고 할까. 하지만 아침이 오면 겁쟁이가 되어 달아날 용기마저 사라져 버렸다. 매번 거기 남았다. 피트와 동료들을 버릴 수가 없어서, 찰리 형이 돌아왔을 때 거기 있어야 하기에 도망치지 않았다. 몰리는 내가 용감하다고 했고 내 이름을 따서 아들 이름을 '토모'라고 지었다. 그런 몰리를 창피하게 만들 수 없는 노릇이었다.

다시 전선으로 파견되기 전, 놀랍게도 하룻밤 외출이 허락되었다. 다들 포프의 술집으로 직행했다. 대부분은 맥주와 음식을 먹으러 갔고, 나도 그런 걸 원했다. 하지만 시내로 접어들자마자 달걀과 감자 요리보다 안나가 더 내 마음을 차지한다는 것을 깨달았다. 하지만 맥주를 갖다 준 사람은 안나가 아니었다. 다들 처음 보는 다른 아가씨였다. 나는 주위를 둘러보았지만, 안나는 보이지 않았다. 아가씨가 달걀과 감자 요리를 가져오자, 나는 안나는 어디 있느냐고 물었다. 그녀는 못 알아듣는다는 듯이 어깨를 으쓱했다. 하지만 내 말을 알아들은 기색이 역력했다. 알지만 내게 말하지 않겠다는 투였다. 피트와 찰리 형 덕분에 내가 안나를 좋아한다는 소문은 부대에 진작 퍼져서, 내가 두리번거리자 다들 마구 놀려 댔다. 놀림당하는 게 지겨워서 그들의 웃음을 뒤로 하고, 안나를 찾으러 밖으로 나갔다.

전에 안나가 나를 데려간 마구간부터 찾아봤다. 안이 비어 있었다. 어두운 농장 길을 걸어 닭장을 지났다. 안나가 말과 함께 들에 나가 있는지 궁금했다. 매어 있는 염소 두어 마리가 매애 울었지만 말은 보이지 않았다. 안나도 안 보였다. 그제야 돌아가서 안채의 문을 두드려 보자는 생각이 났다. 용기를 냈다. 술집에서 나는 소리가 시끄러워서, 문을 쾅쾅 두드려야 했다. 천천히 문이 열렸고, 안나의 아버지가 나타났다. 평소 말쑥하고 잘 웃는 그는 멜빵바지와 셔츠 차림에 면도를 하지 않아 부스스한 모습이었다. 손에 술병을 들었고, 취해서 일그러진 얼굴이었다. 나를 보고 반기는 기색이 아니었다.

"안나는요? 안에 있나요?"

내가 물었다.

"아니. 안나는 안에 없네. 이제 다시는 못 볼 거야. 안나는 죽었어. 알아들었나, 토미? 너희는 여기 와서 우리 동네에서 전쟁을 벌이지. 왜지? 대답해 봐. 왜 그러는 거야?"

"무슨 일이 있었습니까?"

내가 물었다.

"무슨 일이 있었냐고? 내가 무슨 일이 있었는지 말해 주지. 이틀 전 난 달걀을 가져오라고 안나를 보냈지. 안나가 수레를 밀고 집으로 오는데 포탄이 터졌어. 독일제 대형 포탄이었어. 딱 한 개였지만 그걸로 충분하지. 오늘 그 아이를 묻었어. 그러니 우리 안나를 보고 싶으면 무덤으로 가 보라고, 토

미. 너희 모두…… 영국인, 독일인, 프랑스 인 모두 지옥에 간
대도 내가 눈이나 깜짝할 줄 알아? 그놈의 전쟁을 지옥까지
가져가라고. 거기서도 재미있겠군. 날 내버려 둬, 토미. 날 내
버려 두라고."

내 앞에서 문이 쾅 닫혔다.

교회 묘지에는 최근에 만든 무덤 몇 개가 있었다. 하지만
싱싱한 꽃이 덮인 새 무덤은 한 곳뿐이었다. 안나와는 웃으면
서 몇 마디 말을 나눈 사이였다. 그녀의 눈빛, 살짝 손이 스치
고 가벼운 키스를 나눈 일밖에 없었다. 하지만 마음이 이렇게
아픈 것은 아버지가 돌아가신 후 처음이었다. 교회 뾰족탑을
올려다보았다. 검은 화살이 달과 그 뒤쪽을 가리켰다. 드넓은
하늘에, 주일 학교에서 가르치는 천국에, 빅 조의 행복한 하
늘나라에 안나가 있다고 믿으려고 온 마음으로 애썼다. 하지
만 그렇게 생각할 수가 없었다. 그녀가 내 발 밑의 차가운 땅
속에 누워 있다는 것을 알았으니까. 무릎을 꿇고 땅에 입 맞
춘 다음, 안나를 거기 두고 떠났다. 하늘에서 달이 흐르며 내
뒤를 따라왔다. 달빛을 받으며 수풀을 지나 캠프로 돌아왔다.
캠프에 도착할 무렵에는 더 흘릴 눈물도 남아 있지 않았다.

다음 날 밤, 우리는 병사 수백 명과 함께 행군해서 다시 참
호로 들어갔다. 전선을 강화하라는 명령이 떨어졌다. 그 말뜻
은 딱 한 가지였다. 적이 공격할 것이고 우리는 큰 곤란을 겪
을 것이다. 과연 그랬다. 하지만 독일군은 우리에게 이틀간

은혜를 베풀었다. 당장은 공격이 없었다.

대신 찰리 형이 왔다. 형은 나간 지 5분 된 사람처럼 우리 참호로 느릿느릿 들어왔다.

"안녕, 토모. 안녕, 여러분."

형은 입이 귀에 걸리게 웃으면서 인사했다. 찰리 피스풀의 귀대가 우리에게 새 용기를 주었다. 헤인리 상사가 여전히 뒤에서 항상 찌푸리고 있었지만 우리에게는 챔피언이 있었다. 헤인리에게 망신을 준 유일한 사람이 찰리 형이었다. 나에게는 수호천사이자 형이고, 단짝 친구를 되찾은 셈이었다. 다른 사람들처럼 나도 갑자기 더 안전해진 기분을 느꼈다.

참호에서 헤인리 상사와 찰리 형이 마주쳤을 때 나도 거기 있었다.

"정말 반갑고 놀랍습니다, 상사님. 저희와 합류하셨다고 들었습니다."

찰리 형이 명랑하게 말했다.

"나도 네가 꾀병을 부렸다고 들었다, 피스풀. 난 꾀병을 부리는 놈은 좋아하지 않아. 난 너를 지켜봐 왔다, 피스풀. 넌 사고뭉치야, 항상 그랬지. 내 경고하는데 한 발자국이라도 엇나간다면……."

"걱정하지 마십시오, 상사님. 제가 잘하겠습니다. 맹세합니다."

헤인리 상사는 먼저 기겁한 표정을 짓더니 분통을 터뜨렸다. 찰리 형이 계속 말했다.

"여긴 날씨가 아주 좋습니다. 영국은 비가 내립니다. 억수같이 쏟아집니다."

헤인리는 뭐라고 중얼대면서 그를 밀치고 지나갔다. 작은 승리였지만, 이 장면을 목격한 사람들은 마음 밑바닥까지 기운이 났다.

그날 저녁, 찰리 형과 나는 램프를 켜 놓고 차를 마시며 처음으로 조용히 대화했다. 가족 모두에 대해 묻고 싶은 게 많았지만, 형은 많이 말하고 싶지 않은 것 같았다. 형의 태도에 깜짝 놀라고 속상해하자 형이 내 마음을 알고 이유를 설명했다.

"우린 둘로 나뉜 세상에서 둘로 나뉜 삶을 사는 것 같아. 그냥 그대로 놔두고 싶어. 하나가 다른 하나를 건드리는 걸 바라지 않아. 나는 '무시무시' 헤인리와 소구경 포탄의 기억을 집에까지 가져가고 싶지 않았거든? 또 그 반대도 마찬가지지. 집은 집이고 여기는 여기고. 설명하기는 어렵지만 꼬마 토모와 몰리, 어머니, 빅 조는 이 지긋지긋한 곳이랑 상관없잖아? 가족들 이야기를 하면 그 사람들을 여기 데려오는 게 되지. 난 그러고 싶지 않아. 이해하겠니, 토모?"

난 이해했다.

우리는 포탄이 날아오는 소리를 듣고, 그 찢어지는 소리로 폭격이 시작될 거라는 것을 안다. 포탄이 터지면 우리 모두 땅에 처박히고, 램프가 꺼져 어둠에 잠긴다. 그것은 수천 발의 포탄 중 첫 발이다. 곧장 우리는 사격을 하고 그때부터 엄청난 결투가 끝없이 벌어진다. 우리 위의 세상이 폭발하고, 폭음과 천둥소리가 밤낮없이 우리를 두드려 댄다. 사격 소리가 잠잠해지는 게 더 잔인하다. 마침내 전투가 끝날 거라는 가냘픈 희망을 안겨 주기 때문이다. 몇 분 후면 그 희망을 빼앗길 뿐이다.

우선 우리는 방공호에 모여서, 우리끼리 있고 아무 일도 없는 체한다. 또 무슨 일이 있어도 방공호가 깊어서 저 위에서 우리가 안 보일 거라고 믿으려 한다. 하지만 마음속으로는 폭탄이 떨어지면 모두 끝장이라는 것을 안다. 우리는 그 사실을 알고 받아들인다. 다만 생각하지 않고 말하지 않는 편이 나을 뿐이다. 우리는 차를 마시고 담배를 피우고, 자주 나오지는 않지만 배식이 되면 식사를 한다. 최선을 다해서 평소처럼 생활한다.

설마 싶지만 이틀째 되는 날 폭격이 더 심해진다. 독일군이 가진 모든 중포가 우리 지역을 조준하는 것 같다. 한순간 겨우 억눌렀던 두려움이 공포감으로 변한다. 더 이상 공포감을 숨길 수 없다. 나도 모르게 몸을 동그랗게 말고 바닥에 누워 그만하라고 비명을 지른다. 그때 찰리 형이 옆에서 나를 보호하고 위로하려고 내 몸을 감싼다. 형이 내 귀에 대고 〈오렌지와 레몬〉을 부르기 시작하고, 곧 나도 같이 노래를 부른다. 비명 대신 큰 소리로 노래한다. 알아차릴 새도 없이 방공호에 있는 병사 모두 우리와 함께 노래를 부르고 있다. 하지만 포화는 계속되고, 결국에는 찰리 형도 〈오렌지와 레몬〉도 내 공포감을 몰아내지 못한다. 공포감은 나를 파고들어, 마지막으로 남은 용기와 침착함을 뭉개 버린다. 이제 나에게는 두려움밖에 없다.

뿌연 새벽빛 사이로 적군의 공격대가 온다. 적군은 우리 철책 근처에서 머뭇거린다. 아군이 기관총을 발사하고, 적군은 수천 개의 회색 곤봉처럼 넘어져서 다시 일어나지 못한다. 나는 손이 너무 떨려서 소총을 장전하지 못한다. 적군이 후퇴하느라 뒤돌아서 달아날 때, 우리는 호루라기 소리를 기다리다가 참호 위로 나간다. 나는 전우들이 가기 때문에 간다. 우리는 마법에 걸린 것처럼 앞으로 나간다. 나 말고 모두 한덩어리 같다. 갑자기 나는 무릎이 이상하다고 느끼지만 왜 그런지 모른다. 얼굴에 피가 흘러내리고, 갑자기 머리가 타는 것처럼 아파서 터질 것 같다. 나는 꿈에서 빠져나와 빙빙 도는 어둠 속으로 들어간다. 가 본 적이 없는 세상으로 불려 가고 있다. 그 세상은 따뜻하고 위로가 되고 나를 에워싼다. 내가 죽어 간다는 것을 안다. 그게 반갑다.

5시 5분 전

65분 남았다. 그 시간 동안 어떻게 지내야 될까? 잠을 자려고 애쓸까? 소용없는 노력일 것이다. 푸짐한 아침 식사를 할까? 그러고 싶지 않다. 비명을 지르고 소리쳐 볼까? 그게 무슨 소용이람? 기도할까? 왜? 뭐하려고? 누구한테?

아니다. 그들은 할 일을 할 것이다. 헤이그 원수는 여기서 신이고, 그가 서명을 했다. 헤이그는 판결을 확인했다. 그는 1916년 6월 25일 새벽 6시, 적과 마주쳤을 때 비겁했던 죄로 피스풀 일병을 처형한다고 포고했다.

발포대는 지금쯤 아침 식사를 하고 차를 마시겠지. 그들은 해야 될 일이 꺼려질 것이다. 처형 장소가 정확히 어디인지 아무도 말해 주지 않는다. 회색 담장이 둘러진 어두운 감옥 마당은 아니면 좋겠다. 하늘과 구름, 나무와 새가 있는 곳이면 좋겠다. 새들이 있으면 더 쉬울 것이다. 또 얼른 끝내 주면. 제발 얼른 끝내 주기를.

* * *

기관총 사격과 멀리서 포탄 터지는 소리에 깬다. 주변의 땅이 흔들리지만 이상하게 마음이 놓인다. 이 모든 게 내가 죽지 않았다는 뜻일 테니까. 처음에 어둠만 보인다는 것을 깨닫고 그리 놀라지 않았다. 부상당한 것을 금방 기억해 냈기 때문이다. 아직도 머릿속이 지끈거린다. 밤이 분명하고, 나는 부상을 입고 황무지 어딘가에 누워서 깜깜한 하늘을 올려다보고 있다. 하지만 머리를 조금 움직이려는데, 어둠이 부서지며 내게 쏟아져 입과 눈과 귀를 메운다. 내가 보는 것은 하늘이 아니라 땅이다. 이제 내 가슴을 짓누르는 땅의 무게가 느껴진다. 다리도 팔도 움직일 수가 없다. 손가락만 움직여진다. 내가 산 채로 묻혀 있다는 것은 아주 천천히 깨닫지만, 겁에 질리는 것은 순식간이다. 그들은 내가 죽었다고 생각하고 묻었지만 난 죽지 않았다. 살아 있다! 비명을 지르자 흙이 입에 들어가 곧 목이 막힌다. 손가락을 꼬물거려 미친 듯이 흙을 움켜쥐지만, 숨이 막히고 아무도 도와주지 않는다. 생각하려고, 솟구치는 공포를 진정하려고 애쓴다. 가만히 누워 억지로 코로 숨을 쉬려고 애쓴다. 하지만 공기가 없다. 그때 몰리가 떠오르자, 죽는 순간까지 머릿속으로 그녀를 꼭 붙들기로 한다.

다리를 만지는 손길이 느껴진다. 한쪽 발을 잡더니 다른 발도 잡는다. 멀리서 찰리 형의 목소리가 들리는 것 같다. 형이 나더러 정신 차리라고 소리친다. 사람들이 땅을 파헤치고 나를 잡아당긴다. 찬란한 햇빛 속으로, 깨끗한 공기 속으로 끌어낸다. 공기를 물처럼 들이키다가 목에 걸려서 기침을 한다. 마침내 공기를 들이마실 수 있다.

다음에 정신을 차리니 내가 콘크리트 방공호 같은 곳에 늘어져서 앉아 있다. 근처의 지친 사람들 모두 아는 얼굴들이다. 피트가 계단을 내려온다. 그도 나처럼 숨을 몰아쉰다. 찰리 형은 물통에 남은 물을 내 얼굴에 부으며 얼굴을 씻겨 준다. 형이 말한다.

"네가 죽은 줄 알았어. 포탄이 터져서 넌 흙더미에 파묻혔고 전우 대여섯이 죽었거든. 넌 운이 좋았어. 머리가 엉망이 되긴 했지만. 가만히 누워 있어, 토모. 피를 많이 흘렸어."

이제 나는 덜덜 떤다. 온몸이 춥고 새끼 고양이처럼 기운이 없다.

피트가 우리 옆에 쭈그리고 앉아서 총에 이마를 기댄다.

"저 바깥은 완전히 지옥이야. 우린 파리 목숨이야, 찰리.

놈들이 우리를 꼼짝 못 하게 해. 삼면에서 기관총을 쏴 댄다 니까. 고개를 내밀었다간 바로 끝장이야."

피트가 말한다.

"여기가 어디야?"

내가 묻는다.

"황무지 중간이야. 예전 독일군의 방공호가 있는 데야. 앞 으로 나가지도, 뒤로 돌아가지도 못해."

피트가 대답한다.

"그럼 한동안 여기 있는 게 최선이겠네, 그렇지?"

찰리 형이 말한다.

고개를 드니 헤인리 상사가 버티고 서 있다. 그는 소총을 들고 우리에게 소리친다.

"여기 있어? 내 말을 똑똑히 들어라, 피스풀. 여기서는 내 가 명령을 내린다. 내가 가라면 간다. 내 말을 알아듣겠나?"

찰리 형은 눈을 피하지 않고 반항적인 눈빛으로 그를 노려 본다. 학교에 다닐 때 머닝스 교장에게 대들 때와 똑같다.

헤인리는 방공호에 있는 병사 모두에게 말한다.

"곧 내가 명령을 내리는 대로 우리는 진격한다. 우리 모두 말이다. 낙오해도, 꾀병을 부려도 안 된다. 이건 너한테 말하 는 것이다, 피스풀. 우리가 받은 명령은 공격을 이용해서 우 리 진지를 구축하는 것이다. 15미터 정도만 가면 독일군 참호 가 있다. 쉽게 접근할 것이다."

나는 헤인리 상사가 우리 말소리를 듣지 못하는 곳으로 갈 때까지 기다린다. 내가 속삭인다.

"형, 나는 못 갈 것 같아. 일어나지도 못하겠어."

찰리 형이 갑자기 환하게 웃으면서 말한다.

"괜찮아. 넌 아주 엉망으로 보이니까 말이야, 토모. 피투성이에 진흙 범벅이 되어 멍한 눈으로 쳐다보잖아. 무슨 일이 있어도 우린 딱 붙어 있을 거니까 걱정하지 마. 늘 그랬잖아?"

헤인리 상사는 사격 소리가 잠잠해질 때까지, 방공호 입구에서 1, 2분쯤 기다리다가 말한다.

"됐다. 지금이야. 우린 나간다. 탄창이 꽉 차 있는지 확인하도록. 모두 준비됐나? 일어나라. 가자."

아무도 움직이지 않는다. 병사들은 머뭇거리면서 서로 쳐다본다. 헤인리가 다시 말한다.

"도대체 뭣 때문에 이러지? 이 자식들아, 일어나! 일어나라고!"

그러자 찰리 형이 아주 조용하게 말한다.

"저나 병사들이나 같은 생각을 하는 것 같습니다, 상사님. 지금 우리가 나가면 적들의 기관총 사격에 몰살당할 겁니다. 적들이 우리가 여기 들어오는 것을 봤으니, 나오기를 기다릴 겁니다. 적들은 바보가 아닙니다. 여기 머물다가 어두워진 후에 돌아가야 됩니다. 저기 나가서 개죽음을 당할 필요가 없습니다, 안 그렇습니까?"

"내 명령에 불복종하는 건가, 피스풀?"

헤인리 상사가 미친 사람처럼 소리치자 찰리 형이 대답한다.

"아닙니다, 제 생각을 상사님께 알려 드리는 것뿐입니다."

"그럼 내가 너한테 말하겠다, 피스풀. 우리가 갈 때 같이 가지 않으면 이번에는 지난번처럼 체벌로 끝나지 않을 것이다. 군사법정에 서게 될 것이다. 총살형을 당할 거라고. 내 말 알아듣겠나, 피스풀?"

찰리 형이 말한다.

"그렇습니다, 상사님. 압니다. 하지만 그러고 싶다 해도, 토모를 두고 떠나야 되기 때문에 같이 갈 수 없습니다. 그럴 수는 없습니다, 상사님. 아시다시피 토모는 부상을 당했습니다. 뛰는 것은 고사하고 걸을 수도 없습니다. 저는 토모를 두고 가지 않겠습니다. 같이 남겠습니다. 저희 걱정은 마십시오, 상사님. 나중에 어두워지면 저희가 알아서 돌아가겠습니다. 저희는 별일 없을 겁니다."

"이 벌레 같은 피스풀 자식!"

이제 상사는 총으로 찰리 형을 위협한다. 찰리 형의 코앞에 총검을 들이밀고 분노로 손을 떤다. 그가 말한다.

"여기가 어디든 내가 지금 당장 너를 쏘면 발포대가 수고를 덜 텐데."

한순간 헤인리 상사는 정말 총을 쏠 기세를 보이다가, 정신을 차리고 몸을 돌린다. 그가 명령한다.

"일어나라. 내 말을 들어라, 모두 밖으로 나가. 실수하지 마, 누구든 여기 남아 있으면 군사재판을 받게 된다."

한 명씩 마지못해 일어나, 밖으로 나가면서 각자 마음을 다진다. 마지막으로 담배를 빨거나, 눈을 감고 조용히 기도한다.

"가! 가라고! 어서 가!"

헤인리 상사가 고함을 지르고, 모두 방공호의 계단을 올라가 황무지로 나간다. 독일군의 기관총 사격 소리가 들린다. 피트가 마지막으로 방공호를 빠져나간다. 그는 계단에 멈춰서서 우리를 내려다본다. 그가 말한다.

"같이 가야 해, 찰리. 상사 말은 진담이야. 장담하는데 그 자식은 정말 그럴 거라고."

"나도 알아. 나도 진담이야. 행운을 빌어, 피트. 머리를 숙이고 있어."

결국 피트도 가 버리고 방공호에는 우리 둘만 남는다. 바깥에서 무슨 일이 벌어지는지 상상할 필요도 없다. 소리가 들린다. 비명 소리가 끊기고 기관총을 난사하는 소리가 난다. 짧게 끊어지는 소총 소리가 드문드문 난다. 그러다가 총격이 멎고 우리는 기다린다. 나는 찰리 형을 넘겨다본다. 형의 눈에 눈물이 고인다.

"가여운 친구들. 불쌍한 녀석들."

형이 중얼거리더니 덧붙인다.

"이번에는 제대로 헤인리의 비위를 건드린 것 같아, 토모."

"어쩌면 헤인리 상사가 돌아오지 않을지도 몰라."

내가 말한다.

"희망을 가져 보자. 희망을 가져 보자고."

찰리 형이 말한다.

그 후 나는 의식을 찾았다 잃었다 했다. 깰 때마다 전우가 한둘씩 방공호로 돌아와 있었다. 하지만 여전히 헤인리 상사는 보이지 않았다. 나는 희망을 품었다. 그러다가 깨어 보니 찰리 형이 나를 안고 있고 나는 형의 어깨에 머리를 기대고 있다.

"토모? 토모? 정신이 드니?"

찰리 형이 물었다.

"응."

내가 대답했다.

"잘 들어, 토모. 내가 생각을 해 봤거든. 최악의 경우가 벌어지면……."

내가 형의 말을 끊었다.

"그런 일은 생기지 않을 거야."

"듣기만 해, 토모. 알겠지? 나 대신 모두를 보살피겠다고 약속해 주면 좋겠어. 내 말뜻을 알아들어? 약속할래?"

"응."

내가 대답했다.

긴 침묵이 흐른 후 찰리 형이 말했다.

"너 아직도 그녀를 사랑하지, 그렇지? 여전히 몰리를 사랑하지?"

내 침묵으로도 답은 충분했다. 형은 이미 알고 있었다. 찰리 형이 말을 이었다.

"좋아. 네가 챙겨 줘야 될 게 또 있어."

형은 나를 감쌌던 팔을 내려서 손목시계를 뺐다. 그리고 시계를 내 손목에 채워 주었다.

"여기 있어, 토모. 이건 멋진 시계야. 멈춘 적이 없어, 단 한 번도. 잃어버리지 마."

나는 뭐라고 할 말이 없었다. 찰리 형이 덧붙여 말했다.

"이제 다시 잠들어도 돼."

잠을 자면서 다시 어린 시절의 악몽을 꾸었다. 아버지의 손이 나를 가리켰고, 나는 꿈을 꾸면서도 이번에 깨면 오래전 숲에서 일어난 일을 찰리 형에게 말하겠다고 다짐했다.

눈을 떴다. 헤인리 상사가 맞은편에 앉아서, 철모를 쓴 채로 우울하게 우리를 쳐다보았다. 우리는 다른 병사들이 돌아오고 어두워지기를 기다렸다. 그 사이 상사는 찰리나 다른 병사들에게 말을 걸지 않고 앉아서, 그를 뚫어져라 노려보기만 했다. 헤인리 상사의 눈빛에 싸늘한 적개심이 드러났다.

밤이 되었는데도 여전히 피트가 보이지 않았다. 상사와 함께 쓸모없는 공격에 참여한 병사 대여섯 명도 돌아오지 않았다. 헤인리는 떠날 때라고 결정했다. 그래서 두셋씩 어두운 밤 속으로 나갔다. 남은 부대원들은 황무지를 기어서 우리 참호로 갔다. 찰리 형은 나를 반은 끌고 반은 들며 갔다. 참호 바닥에 놓인 들것에 누워 위를 보니, 체포당해 끌려가는 찰리 형이 보였다. 그 후는 모든 일이 너무 빨리 일어났다. 작별 인사를 할 시간도 없었다. 형이 가 버린 후에야 꿈이 기억났고, 꿈에서 한 다짐을 지키지 못했다는 것을 알았다.

6주간 찰리 형을 만날 수가 없었다. 그즈음 군사재판이 마무리되었고, 사형 선고가 내려지고 승인되었다. 그게 내가 아는 전부였다. 다들 그 정도밖에 몰랐다. 나는 어제까지 무슨 일이 벌어졌는지 몰랐다. 그러다가 마침내 찰리 형을 면회하라는 허락이 떨어졌다. 그들은 '워커 캠프'에 찰리 형을 가두었다. 바깥의 경비병이 미안하지만 면회 시간은 20분뿐이라고 말했다. 명령이라고 했다.

마구간이다. 아직도 마구간 냄새가 풍긴다. 탁자와 의자 두 개, 구석에 양동이 하나, 벽에 침대가 놓여 있다. 찰리 형은 손으로 머리를 받치고 다리를 엑스 자로 포개고 누워 있다. 형은 나를 보자마자 일어나 앉더니 환하게 웃는다.

"널 기다렸어, 토모. 면회를 시켜 주지 않을 줄 알았는데. 머리는 어때? 완전히 나은 거야?"

형이 말했다.

"아주 말짱해."

나도 형처럼 명랑하게 대답하려고 애쓴다. 그리고 우리는 서서 힘껏 껴안는다. 나는 참지 못하고 눈물을 터뜨린다.

형이 내 귀에 대고 속삭인다.

"울지 마, 토모. 눈물을 안 흘려도 너무 힘드니까."

형은 팔을 뻗어 내 양팔을 잡고 묻는다.

"알겠지?"

나는 겨우 고개만 끄덕인다.

형은 집에서 몰리가 보낸 편지를 갖고 있는데 내가 꼭 읽어 봐야 된다고 말한다. 편지를 보면 웃게 된다고, 웃음이 필요하다고. 주로 꼬마 토모에 대한 내용이다. 몰리는 토모가 벌써 입으로 부르르 소리를 낼 줄 안다고 말한다. 우리가 어렸을 때처럼 시끄럽고 버릇없는 소리를 낸다고. 또 밤에 아기가 잘 때 빅 조가 노래를 불러 준다고 한다. 물론 곡목은 〈오렌지와 레몬〉이다. 몰리는 사랑을 보내며 우리 둘 다 건강하기를 바란다고 맺는다.

"몰리는 모르지?"

내가 묻는다.

"모르지. 나중까지 가족은 모를 거야. 군에서 집에 전보를 보낼 거야. 오늘까지 집에 편지를 쓰지 못하게 했어."

탁자에 앉자 형은 목소리를 낮추고 우리는 속삭이듯 대화한다.

"네가 식구들에게 어떻게 된 일인지 말해 줘. 그럴 거지, 토모? 지금 마음에 걸리는 건 그게 다야. 가족이 나를 겁쟁이로 생각하는 건 원치 않아. 그건 싫어. 그들이 진실을 알면 좋겠어."

찰리 형이 말한다.

"군사법정에 말하지 않았어?"

내가 묻는다.

"물론 말했지. 노력했어, 최선을 다해 노력했지만 그들은 듣기 싫은 듯이 귀를 닫아 버렸어. 그들에게는 증인인 헤인리 상사가 있고, 증인 한 명만 있으면 되는 거지. 그건 재판이 아니었어, 토모. 그들은 자리에 앉기도 전에 내가 유죄라고 마음을 정했어. 세 사람이 있었어. 준장 한 명과 대위 두 명이 나를 쓰레기 보듯 경멸했어. 나는 그들에게 모든 걸 말했어, 토모. 일어난 일 그대로 말했어. 난 창피해할 게 없어, 안 그래? 아무것도 숨기지 않고 그들에게 말했어. 어리석고 자살에 불과한 명령이어서 상사의 명령에 불복종했다고 했어. 우리 모두 알았다고. 아무튼 나는 너를 보살피기 위해 남아 있어야 했다고 말했어. 그들은 그 진격으로 독일군 철책 근처에도 못가고 아군 열댓 명이 전사했다는 것을 알아. 내가 옳았다는 것도 알지만 그래 봤자 소용이 없어."

"그럼 증인들은? 형은 증인을 세워야 했어. 내가 증언을 할 수도 있었어. 그들에게 말해 줄 수 있었다고."

"너를 증인으로 요구했어, 토모. 하지만 네가 형제여서 안 된다며 받아들여지지 않았어. 피트를 증인으로 요구했는데 피트는 실종되었다고 했어. 나머지 부대원들은 다른 지역으로 이동했다고 알고 있어. 전선으로 올라가서 증인으로 삼을 수가 없대. 그래서 그들은 헤인리 상사에게 모든 얘기를 들었고, 헤인리의 증언 내용 전부를 받아들였어. 무슨 복음의 진실이라도 되는 것처럼 말이지. 큰 압력이 있었던 것 같아. 그래서 나를 본보기로 삼아 병사들을 단단히 가르치고 싶은 거지. 게다가 난 그 말썽 많은 '찰리'였으니까."

그 말을 하고 찰리 형이 웃는다. 형이 말을 잇는다.

"딱 적당한 인물이지. 물론 골칫거리라는 기록도 남아 있어. 헤인리는 날 '못 말리는 골칫거리'라고 불렀지. 에타플에서의 일 기억나지? 불복종 죄로 기소당했잖아? '야전 체벌 1항' 기억나지? 내 기록에 다 적혀 있었어. 내 발에 대해서도."

"발?"

"내가 발에 총을 맞았을 때 말이야. 발의 부상이 의심스럽다고 했어. 스스로 쏜 것일 수 있다고. 늘 그런 일이 생긴다고 그러더라. 전쟁터를 벗어나서 영국에 가려고 내가 내 발을 쐈을 수도 있다고 했어."

"하지만 아니잖아."

내가 말한다.

"물론 그게 아니었지. 그 사람들은 믿고 싶은 대로 믿더라고."

"아무도 형을 위해 말해 줄 사람이 없었어? 장교 같은 사람이?"

내가 묻는다. 찰리 형이 내게 말한다.

"그런 사람은 필요 없다고 생각했어. 그들에게 진실을 말하면 괜찮을 거라고 생각했어. 어떻게 그렇게 잘못 생각할 수 있을까? 윌키 소대장이 좋게 써 준 편지라면 도움이 되겠다 싶더라고. 그의 말은 귀담아 들을 거라고 생각했어. 윌키는 장교고 그들과 같은 부류니까. 그들에게 윌키 소대장이 있을 만한 곳을 말했지. 마지막으로 그가 스코틀랜드 어느 병원에 있다고 들었거든. 병원에 편지를 보냈는데, 윌키가 6개월 전에 부상으로 죽었다고 하더라. 군사재판이 총 한 시간도 안 걸렸어, 토모. 그게 나한테 해 준 전부였어. 사람의 목숨에 한 시간이라니. 긴 시간은 아니지, 안 그래? 준장이 뭐라고 말했는지 아니, 토모? 나더러 무가치한 인간이라더라. 살면서 여러 이름으로 불렸지만 그렇게 마음 상한 적이 없었어. 난 마음 상한 기미를 보이지 않았어. 그들에게 만족감을 주고 싶지 않았거든. 그리고 나한테 형을 언도했어. 그때쯤 난 예상하고 있었지. 짐작했던 것만큼 당황스럽지 않더라고."

나는 눈물을 참을 수가 없어서 고개를 푹 숙인다. 찰리 형은 내 턱을 들고 말한다.

"토모, 밝게 보도록 해. 이건 우리가 참호에서 매일 대하는 일과 다름없어. 금방 끝날 거야. 그리고 여기서 병사들이 날 잘 보살펴 주고 있어. 하루 세 끼 따뜻한 식사를 해. 그러니 불평할 수가 있나. 모든 게 끝났어. 아무튼 곧 끝날 거야. 차 마실래, 토모? 네가 오기 직전에 차를 갖다 주더라."

그래서 우리는 탁자에 나란히 앉아서 달콤하고 진한 홍차 한 잔을 나눠 마신다. 그리고 찰리 형이 하고 싶은 모든 이야기를 한다. 집, 건포도를 듬뿍 넣고 바삭바삭한 빵가루를 뿌린 버터 푸딩, 달빛 밝은 밤에 대령의 강에서 바다 송어를 낚시한 일, 우리 개 버사, 선술집 '듀크'의 맥주, 노란 비행기, 사탕 과자.

찰리 형이 말한다.

"빅 조나 엄마나 몰리 이야기는 하지 말자. 그 이야기를 하면 난 울 거야. 울지 않겠다고 나 자신과 약속했거든."

갑자기 찰리 형이 진지하게 몸을 숙이더니 내 손을 덥석 잡는다.

"약속 말이 나와서 말인데 전에 방공호에서 나한테 한 약속을 잊지 않을 거지, 토모? 가족들을 보살펴 줄 거지?"

"약속해."

내가 형에게 말한다. 내 평생 그렇게 진심을 담아 말한 적이 없다.

형이 내 소매를 당기면서 말한다.

"그럼 시계도 잘 갖고 있겠지. 나를 위해 시계가 멈추지 않고 계속 가게 해. 그러다 때가 되면 꼬마 토모에게 줘. 그러면 내가 아이에게 물려 주는 게 생기겠지. 그게 좋아. 넌 토모에게 좋은 아버지가 될 거야. 아버지가 우리에게 그랬듯이."

그 순간이 온다. 난 지금 그 일을 해야 한다. 마지막 기회다. 난 찰리 형에게 말한다. 아버지가 어떻게 세상을 떠났는지, 어떤 일이 벌어졌는지, 내가 어떻게 했는지. 오래 전에 형에게 말했어야 했지만 감히 그러지 못했다고 털어놓는다. 형은 빙긋 웃는다.

"늘 알고 있었어, 토모. 엄마도 마찬가지고. 네가 자면서 말하곤 했거든. 네가 악몽을 꿀 때마다 난 잠에서 깼어. 다 말도 안 되는 소리야. 네 잘못이 아니야. 아버지를 죽인 것은 나무였어, 토모. 네가 아니었다고."

"그렇게 믿어?"

내가 형에게 묻는다.

"그렇게 믿어. 확실히 그래."

찰리 형이 대답한다.

우리는 서로 바라보며, 이제 시간이 얼마 안 남았다는 것을 안다. 나는 형의 눈에 공포가 스치는 것을 본다. 찰리 형은 주머니에서 편지 몇 통을 꺼내 탁자 위로 쭉 민다. 형이 말한다.

"이걸 식구들한테 전해 주겠니, 토모?"

우리는 탁자 위로 손을 잡고 이마를 마주 대고 눈을 감는다. 나는 쭉 하고 싶었던 말을 간신히 한다.

"형은 무가치하지 않아. 그놈들이 무가치한 나쁜 놈들이야. 형은 나한테 최고의 친구였고, 내가 만난 사람 중 최고의 인간이었어."

찰리 형이 흥얼거리기 시작한 노래가 내 귀에 들린다. 〈오렌지와 레몬〉이다. 음정을 약간 틀린다. 나도 같이 노래한다. 우리는 손을 더 꽉 잡고, 조금 큰 소리로 흥얼거린다. 그러다가 세상이 다 듣도록 큰 소리로 노래하고, 노래하면서 웃음을 터뜨린다. 눈물이 흐르지만 그건 중요하지 않다. 슬픔의 눈물이 아니라 축하의 눈물이니까. 노래를 마치자 찰리 형이 말한다.

"아침에도 이 노래를 부르고 있을 거야. 빌어먹을 〈국왕을 구하소서〉나 〈참 아름다워라〉 같은 노래는 안 불러. 빅 조를 위해, 우리 모두를 위해 〈오렌지와 레몬〉을 부를 거야."

경비병이 들어와서 면회 시간이 끝났다고 알려 준다. 그러자 우리는 악수를 한다. 모르는 사람들처럼 악수를 나눈다. 할 말이 남아 있지 않다. 마지막으로 눈을 맞추면서, 나는 이 순간이 영원하기를 바란다. 그리고 몸을 돌려 형을 떠나온다.

어제 오후에 캠프에 돌아왔을 때 전우들이 동정하며 시무룩한 표정을 지을 거라 예상했다. 이전처럼 다들 눈을 피할 줄 알았다. 그런데 미소로 나를 맞이하면서, 헤인리 상사가 죽었다는 소식을 전해 준다. 사격장에서 수류탄이 터지는 어처구니없는 사고로 죽었다고 한다. 그러니 정의는 있는 셈이다. 하지만 찰리 형에게는 너무 늦어 버렸다. 워커 캠프의 누군가가 이 소식을 듣고 찰리 형에게 알려 주면 좋을 텐데. 형에게 작은 위로가 될 테지만, 또 다른 느낌도 줄 것이다. 나나 동료들이 느낀 기쁨은 곧 우울한 만족으로 변하더니 완전히 사라져 버렸다. 마치 연대 전체가 나처럼 가라앉은 것 같았다. 찰리 형 외에 다른 생각은 할 수가 없었다. 형이 당한 불의와 아침에 형에게 일어날 피치 못할 일만 생각났다.

지난주 우리는 빈집으로 숙소를 옮겼다. 찰리 형이 갇힌 워커 캠프까지는 1.5킬로미터도 되지 않는다. 우리는 솜(프랑스 북부에 있는 도시―옮긴이) 전선에 있는 참호로 들어가려고 대기 중이다. 우리는 종 모양의 막사에서, 장교들은 주택에서 지낸다. 다른 병사들은 나를 위해 할 수 있는 한 편안하게 해 주려고 최선을 다한다. 그들의 표정에 나를 어떻게 생각하는지 드러난다. 하사관들과 장교들도 마찬가지다. 하지만 다들 아무리 친절해도 나는 동정이나 도움을 원하지 않고, 필요도 없다. 그들이 곁에 있어서 마음이 흐트러지는 것도 싫다. 그저 혼자 있고 싶다. 늦은 밤 등불을 들고 막사에서 나와 이 헛간으로 온다. 헛간은 무너졌지만 남은 부분이 있다. 동료들이 담요와 먹을 것을 갖다 주고, 혼자 있게 해 준다. 그들은 이해한다. 군목이 도와주려고 찾아온다. 군목이 할 수 있는 일이 없다. 나는 그를 보낸다. 이제 여기 내가 있다. 밤이 너무 빨리 지나고, 시계가 여섯 시를 향해 째깍째깍 움직인다. 시간이 오면 밖에 나가서 하늘을 볼 것이다. 그들이 끌어내면 찰리 형도 똑같이 하늘을 볼 것이란 걸 안다. 우리는 같은 구름을 보고 같은 바람이 얼굴을 스치는 것을 느낄 것이다. 그렇게라도 우리는 같이 있을 것이다.

6시 1분 전

이 순간 찰리 형에게 일어나는 일에 대해 나는 마음을 닫
으려 애쓴다. 그냥 집에 있을 때의 찰리 형을, 다 같이 지낼 때
의 찰리 형을 떠올리려 애쓴다. 하지만 병사들이 형을 연병장
으로 끌고 오는 광경만 마음에 떠오른다. 찰리 형은 비틀대지
않는다. 버둥대지 않고 울부짖지도 않는다. 형은 고개를 꼿꼿
이 들고 걷고 있다. 학교에서 교장한테 회초리를 맞던 날처
럼. 어쩌면 종달새가 날아오르거나 커다란 까마귀가 바람을
타고 머리 위를 맴돌겠지. 발포대가 기다리며 서 있다. 여섯
명이 소총을 장전하고 준비 중이다. 각자 이 일이 끝나기를
바란다. 아군을 쏘니 살인하는 기분이 든다. 그들은 찰리의

얼굴을 보지 않으려고 애쓴다.

찰리 형이 기둥에 묶인다. 군목이 기도를 하고 찰리 형의 이마에 십자가를 긋고 물러난다. 쌀쌀하지만 찰리 형은 떨지 않는다. 장교가 총을 들고 손목시계를 본다. 그들이 머리에 가리개 씌우려 하지만 찰리 형은 쓰지 않으려 할 것이다. 형은 하늘을 올려다보며 죽기 전 마지막으로 집을 생각할 것이다.

"차렷! 준비! 조준!"

형은 눈을 감고, 기다리면서 나직이 노래한다.

'오렌지와 레몬, 성 클레멘트의 종소리가 말하네……'

속으로 나도 형이랑 같이 노래한다. 일제 사격의 메아리 소리가 들린다. 끝났다. 다 끝났다. 그 일제 사격과 함께 내 한 부분도 형을 따라 죽었다. 몸을 돌려 쓸쓸한 헛간으로 돌아간다. 슬픔에 젖은 사람은 나 혼자만이 아니다. 캠프 전체의 병사들이 막사 밖에 차렷 자세로 서 있다. 또 새들이 노래하고 있다.

* * *

그날 오후 형의 소지품을 찾고, 묘지를 보러 워커 캠프에 갈 때도 전우들이 같이 간다. 찰리 형이 마음에 들어 할 자리다. 초원이 내다보이고 나무 밑으로 시냇물이 졸졸 흐른다. 그들은 찰리 형이 이른 아침 산책이라도 가는 듯이 미소 지으며 나왔다고 내게 말한다. 형이 눈가리개를 거부했고, 죽을 때 노래를 부르는 것 같았다고 말한다. 그날 방공호에 있었던 우리 여섯 명이 해 질 녘까지 찰리의 무덤 곁을 지킨다. 묘지를 떠나면서 각자 같은 말을 한다.

"안녕, 찰리."

다음 날 연대는 솜을 향해 행군한다. 지금은 6월 말이고, 곧 벌어질 대대적인 공격에 우리도 참여할 거라는 말이 있다. 우린 적을 베를린까지 밀어낼 것이다. 전에도 그런 말을 들은 적이 있다. 내가 아는 것은 목숨을 건져야 한다는 사실뿐이다. 내게는 지켜야 될 약속이 있다.

덧붙이는 글

제1차 세계대전 중인 1914년에서 1918년 사이에 영국과 영연방 병사 290명 이상이 탈영과 비겁한 행위 때문에 총살당했으며 두 명은 초소에서 잔다는 이유만으로 죽었다.

이제 우리는 이들 중 여럿이 전투 신경증을 앓았다는 사실을 안다. 군사재판은 짧았고, 피고들이 변명을 하지 못한 경우가 많았다.

오늘날까지 이들이 당한 불의에 대해 공식적인 인정은 없었다. 영국 정부는 계속 희생자 사후의 공식적인 사과를 거부하고 있다.

지은이의 말

1914년에서 1918년까지 유럽 열강들은 세상에서 가장 자기 파괴적인 전쟁에 갇혔다. 군대는 벨기에와 북프랑스의 진흙탕에서 막상막하로 싸웠고, 동쪽으로는 스위스 국경에서 서쪽으로는 영국 해협에 이르는 곳에 방어 지역을 구축했다.

무시무시한 4년 동안 수백만 명의 병사가 한편은 독일군, 한편은 연합군(주로 영국, 프랑스, 벨기에 군)으로 나뉘어 몸을 던졌다. 전쟁은 소모전이 되었고, 인간을 총알받이로 내세운 살인적인 폭격과 무익한 공격으로 얼룩졌다. 독가스와 탱크가 처음으로 군수물자로 사용되었다. 1916년 7월 1일 하루만 해도 6만 명의 영국군 병사가 죽거나 부상당했다.

1917년 미국이 연합군으로 참전한 후에야 교착상태와 학살이 끝났다. 미국의 참전으로 균형이 기울어졌고, 독일군은 필사적인 마지막 공격 후 평화를 제의했다. 1918년 11월 11일 11시에 휴전협정이 조인되었다. 미국인 4만 명을 포함해서 천만 명 이상이 전쟁에서 죽었다.

오래전 내가 이 전쟁에 대해 알게 된 것은 역사책이 아니라 참전한 사람들을 통해서였다. 나는 영국 데본 주의 이데슬레이 마을에서 참전용사 세 명을 만나서 대화했다. 그들은 자신들이 겪은 공포와 잃어버린 동료들에 대해 감동적으로 이야기했다. 그 결과 나는 《조이》라는 작품을 쓸 영감을 얻었다. 그것은 무서운 전쟁 중 농장의 말이 마을에서 차출되어 기마대의 말이 되는 이야기다. 말의 눈을 통해서 양쪽의 입장을 본 전쟁 이야기다.

그 후 벨기에와 프랑스의 전쟁터로 여러 차례 조사 여행을 떠났다. 5년 전 이런 방문 중 영국군 3백 명 이상이 비겁하거나 탈영했다는 이유로 새벽에 총살형을 당했다는 사실을 알게 되었다. 그중 두 명은 초소에서 자다가 사형을 당했다. 나는 그들의 이야기를 읽고, 재판에 대해 공부하고, 그들의 어머니들이 받은 전보들도 보았다. 그들이 총살당한 장소들도 찾아갔다. 그들의 무덤에 참배했다.

이 불운한 이들이 굴욕적인 불의를 당했다는 것은 의심의 여지가 없었다. 판사들은 그들에게 '무가치하다'라고 했다. 그들의 재판 혹은 군사재판은 짧았고, 몇 경우는 20분 미만이었다. 한 사람의 생명을 앗아 가는 데 20분이라니. 변호인이 없는 경우도 많았고 그들을 변호해 줄 증인들이 소환되지도 않았다. 유죄 추정(무죄가 증명되기 전까지는 유죄라는 논리―옮긴이)이 있었던 것 같다. 당시에 그들이 알았듯이 이제 우리는 이들 대부분이 전투 신경증을 앓았다는 것을 안다. 그들의 종말은 늘 새벽에 왔으며, 발포대는 마지못한 친구들과 동료들로 구성되는 경우가 많았다. 처형된 가장 어린 병사는 겨우 열일곱 살이었다.

영국 정부는 이들이 불의를 당했다고 인정하는 것을 연이어 거부해 왔다. 물론 그 사실을 인정하면 생존한 친척들에게 큰 위로가 될 것이다. 뉴질랜드 정부는 처형당한 뉴질랜드 병사들을 사면했다. 오스트레일리아와 미국은 애초에 병사들의 처형을 허용하지 않았다.

생각하면 할수록 내가 이들의 이야기를 해야 한다는 것을 알게 되었다. 벨기에의 묘지에서 발견한 묘비에서 이름을 딴 '피스풀 일병'은 가상의 인물이고 이 이야기는 허구이지만 여러 실화를 참조했다. 그는 이들 중 한 명이었고, 이들 전부였다. 그들과 함께 사는 것, 인생의 마지막 밤을 그와 함께 지내는 것이 내게는 그들을 위한 일에 더 가까이 가는 길 같았다. 가치 있고 무가치한 것에 대해, 용기와 비겁에 대해 이해하는 길이요, 우리 자신에 대해 더 잘 이해하는 길 같았다.

—2003년 10월 이데슬레이에서
마이클 모퍼고

옮긴이의 말

이 책을 읽는 여러분이 태어나기 훨씬 전부터 번역 작업을 해 왔습니다. 그동안 아기들이 보는 그림책부터 어린이들을 위한 동화, 청소년들을 위한 고전 소설과 성장 소설, 어른들을 위한 소설과 비소설 등 여러 작품을 우리말로 옮겼습니다. 그러면서 정말 많은 등장인물들을 만났습니다. 소설의 배경은 다양한 시대와 공간이기에, 오래전 다른 나라의 인물들과도 만납니다. 상상 속의 공간에도 들어갑니다. 그 많은 시대와 인물을 만나며 슬프고 기쁘고 재미나고 아픈 이야기를 만났습니다. 그런데 지난 25년간의 번역 작업 중 가장 마음 아픈 사람들을 만났습니다. 바로《굿바이, 찰리 피스풀》의 찰리와 토모 형제입니다.

지금부터 약 백 년 전의 영국. 시골 마을은 대부분 대령의 영지입니다. 마을 사람들은 대령 밑에서 일하면서 사택에서 삽니다. 숲을 관리하는 피스풀 가족도 거기 삽니다. 어머니, 아버지, 정신지체 장애가 있지만 천사 같은 빅 조, 영리하고 용감한 찰리, 착하지만 아버지의 죽음에 대한 비밀을 간직한 채 사는 막내 토모. 아버지를 사고로 잃지만 피스풀 가족은 서로 사랑하며 삽니다. 어려움도 사랑과 용기로 넘깁니다. 찰리와 토모는 무슨 일이든 함께 하고 몰리를 사랑하는 마음마저 같습니다. 어느 날, 마을에 제1차 세계대전이라는 전쟁이 찾아듭니다. 전쟁이 신문에 나온 소식에 불과한 이 작은 마을에도 전쟁의 바람이 불어닥칩니다. 피스풀 가족도 전쟁의 소용돌이에 휘말립니다.

이 소설은 토모가 '하늘이 무너질 만큼' 슬픈 사건을 앞둔 몇 시간 동안의 기록으로 구성되어 있습니다. 그 짧은 시간 속에서 토모는 지나온 일들을 기억해 냅니다. 즐겁고 슬프고 괴롭고 애틋한 일들을 되새깁니다. 그의 기억을 따라가면서 우리는 피스풀 가족이 겪는 그 모든 경험과 감정을 함께하게 됩니다. 또 전쟁이 인간에게 얼마나 큰 상처를 안겨 주는지도 알게 됩니다. 그 무서운 전쟁터에서 활짝 꽃핀 형제애를 보면서, 세상에서 가장 아름다운 것이 가장 슬프다는 생각도 하게 됩니다. 열여섯, 열일곱 살 형제가 나누는 삶과 죽음. 동생을 위해 당당하게 죽음으로 다가가는 청년과 그 죽음을 지켜봐야 하는 또 다른 청년의 마음. 그들 사이에 흐르는 사랑.

이 소설은 보는 눈에 따라 다양하게 읽힐 수 있습니다. 가족 소설이 되기도 하고, 성장 소설이 되기도 합니다. 형제와 몰리의 사랑을 보면 연애 소설 같기도 합니다. 전쟁의 현실을 알리는 소설이 되기도 합니다. 백 년 전 유럽 사람들의 삶을 들여다볼 수도 있습니다. 장애아로 태어난 빅 조를 향한 가족들의 사랑도 있습니다. 아버지의 죽음을 둘러싼 미스터리도 있습니다. 전쟁터에서 보게 되는 인간들의 비인간적인 행태도 만나게 됩니다. 군인들을 처벌하는 야만성도 봅니다. 이 모든 것이 잘 녹아들어 이 아름답고 슬픈 소설이 되었습니다.

열일곱 살 나이에 임신한 아내를 두고 전쟁터로 끌려가야 했던 찰리. 그를 혼자 보낼 수 없어 나이를 속여 가며 전쟁터로 따라나선 토모. 그들이 들려주는 이야기를 쫓아가면서 많이 울었습니다. 또 인간에 대한 신뢰를 얻었습니다. 그 벅찬 경험은 문학이 우리에게 주는 최고의 선물일 것입니다.

—공경희